# Melkweg

Claus Martens

# Melkweg

Herstellung und Verlag:
BoD – Books on Demand, Norderstedt

ISBN 9783848252220

Bibliografische Information der
Deutschen Nationalbibliothek
Die Deutsche Nationalbibliothek verzeichnet diese
Publikation in der Deutschen Nationalbibliografie;
detaillierte bibliografische Daten sind im Internet
über www.dnb.de abrufbar.

# Vorwort

Auf dem Weg von Hamburg nach Santiago di Compostella, kommt es in Belgien zu einer schicksalhaften Begegnung. Der Erzähler, ein 63 jähriger Rentner, trifft Julie, eine Frau, die ihn durch gewisse Parallelen an seine vor 25 Jahren an Krebs gestorbene Tochter Sandra erinnert. Beide fahren nun den Camino, über Paris bis an den Ozean, hier trennen sich ihre Wege. Julie muss zurück nach Düsseldorf um ihre Krebsbehandlung mit einer nach der Chemo angesetzten Bestrahlung fortzusetzen. Der Erzähler entschließt sich, nun nicht mehr allein auf dem Jacobsweg zu pilgern und fliegt nach Hamburg zurück, um seinen Camino zu gehen, den Melkweg. Hier ist er seiner Tochter, auch verstärkt durch die Begegnung mit Julie, so nahe, dass er durch diese Nähe etwas erlebt, dass sein zukünftiges Leben total verändert. Eine neue Denkfähigkeit manifestiert sich, die sich durch das Erinnern an die Zeit mit seiner Tochter Sandra noch verstärkt.
Der Ausspruch „Claus, wir beide werden die Welt vom Bösen befreien" unter einem Sonnenschirm an einem Strand, auf der Il de Noirmoutier im Atlantik, von einer nackten, blassen, brustamputierten, lebensüberschäumenden, glücklichen Julie in sein Ohr geflüstert, wird nun sein kategorischer Imperativ.
Jetzt hat der Erzähler seinen Namen, Claus.
Realistisches Frührentnerleben wechselt nun mit den Überlegungen - die Welt ein wenig vom Bösen zu befreien. Viele große Denker, die schon das Gleiche wollten, werden in diesen Denkprozess einbezogen.
Eine reale Chance, dass zwei Menschen soviel Kraft besitzen, die vielen unheilvollen Kriege zu stoppen, ist unrealistisch, aber die beiden glauben daran, haben einen Weg erdacht, der das Unglaubliche möglich macht. Die beiden können es schon anfassen, doch das Schicksal will es anders.

# Der Autor

Claus Martens, geboren am 6. August 1936
in Poro Alegre, Brasilien, als Sohn deutscher Eltern.
Mit diesem Buch, seinem ersten Roman, möchte
der Autor an Sandra, seine Tochter, die mit zehn
Jahren an Krebs gestorben ist, erinnern.

Günter Zimmerling danke ich für die stetige
Motivation und die Unterstützung bei
Korrektur, Gestaltung und Druckvorbereitung.

# Inhalt

Wie ein Buch liegt die Vergangenheit vor uns,
wir schlagen es auf und beginnen dort
wo die Absurdität des Daseins beginnt.

# Camino

In den ersten Jahren meiner arbeitsfreien Zeit als Rentner habe ich noch ein wenig meinem Freund, der selbständiger Werbegestalter war, geholfen, das bot sich so an, denn wenn es in seiner Firma zur Messezeit eng wurde, holte er mich, das waren einige Wochen im Frühjahr, im Sommer ist für Werber saure Gurkenzeit, aber im Herbst ging es mit den Messen wieder los, wir waren in Köln, Frankfurt, Hannover und bauten die Messestände auf und nach wenigen Tagen wieder ab, von den Messestädten, in denen wir arbeiteten, haben wir nicht viel gesehen, denn früh morgens fuhren wir vom Hotel zum Messegelände und wockerten bis in die Nacht, dann ging es wieder zurück ins Hotel. Oft schmeckte das schnell noch bestellte Bier nicht mehr und wir ließen das halb leer getrunkene Glas stehen und wankten ins Bett. Noch heute sind die Erinnerungen an diese Zeit negativ belegt, zugige Messehallen, tagelange Lastkraftwagenfahrten, unheimliche Mengen Kaffee und unzählige Würstchen mit Senf und dazu ein Stück wabbeliges Weißbrot.

Doch immer zu Weihnachten arbeitete ich in Hamburg, denn da sollten die vielen Weihnachtsmärkte in Hamburg vor dem ersten Advent fertig aufgebaut sein, aber vor Totensonntag sahen die Stadtväter die geschmückten Tannenbäume auf den Hamburger Straßen und Plätzen nicht so gern, so wurde die Zeit eng, und wir schmückten an den wenigen Tagen, die uns dann noch zur Verfügung standen, rund um die Uhr Weihnachtsbäume. In einem Jahr habe ich sie einmal gezählt, es waren über hundert Tannenbäume, die wir mit Lichterketten, Kugeln, Sternen und roten Äpfeln geschmückt haben. Den größten Baum schmückten wir in Harburg. Er war über 12 Meter hoch und wir mussten einen Steiger benutzen. Lebhaft kann ich mich noch an ein besonderes Erlebnis auf dem

Harburger Rathausmarkt erinnern. Wir hatten gerade den Korb bis in die Spitze ausgefahren und wollten die Lichterkette ganz oben an der Tannenspitze mit Draht befestigen, mein Freund und ich lehnten uns bis zum Äußersten aus dem Korb und hörten im gleichen Moment ein schrilles Glockensignal, auch auf der Armatur in unserem Korb begannen alle roten Lampen zur gleichen Zeit zu blinken. Wir saßen fest, kein Hebel, ob rauf oder runter, nach links oder rechts, funktionierte noch, und der Motor unten im LKW stellte sich von selber ab. 10 Minuten vergingen bis überhaupt ein Passant auf unser Rufen aufmerksam wurde und viele weitere kalte Minuten, es war so um die Null Grad, vergingen bis ein junger Mann gefunden wurde, der mit seinem Handy die unten im Auto angebrachte Notrufnummer anrief und dann nach oben rief, es würde eine gute halbe Stunde dauern bis ein Monteur kommt. Die erste Bemerkung meines Freundes war, ich habe nicht einmal Zigaretten dabei und zur Toilette müsse er auch mal. Leider haben wir diese Geschichte zu Hause und auch unseren Kollegen erzählt, Jahrelang wurden wir damit verspottet. Hauptsächlich wurde explizit der eine Punkt immer wieder angesprochen, wie wir es mit der Toilette gelöst hätten. Wer den Schaden hat, braucht für den Spott nicht zu sorgen, so sind die Menschen.

Gerade in der Weihnachtszeit sammelten sich viele Arbeitsstunden an und das Geld wurde im Januar ausbezahlt. Diese Summe legte ich zurück, um einmal eine ganz außergewöhnliche Reise zu machen. Mein Sohn war nach seinem Abitur den Camino gegangen, rückwärts, wie wir im Nachherein sagen, von Santiago de Compostella, vom eigentlichen Ziel, entgegengesetzt nach Portugal, über Porto nach Lissabon. Begeistert von seinen Erzählungen plante ich etwas Ähnliches und zwei Jahre später war es so weit. Nach langen Überlegungen wurde der Plan geboren, den Jacobsweg von Hamburg aus mit dem Fahrrad zu bewältigen. Die 2500 Kilometer könnte ich in 3 bis vier Monaten schaffen und würde noch genügend Zeit haben, die Sehenswürdigkeiten auf der Strecke in Ruhe zu besichtigen. Mitte Juni war es so weit, das neue Tourenrad wurde mit zwei Satteltaschen beladen und darauf der obligatorische Schlafsack und vorn am Lenker die Satellitentechnik, ein Navigationsgerät mit einprogrammierten Radwegen, was sich auf der Fahrt durch Deutschland wirklich bezahlt machte, denn neben dem kürzesten Radweg von a nach b, war ein Radio eingebaut und das Abrufen preiswerter Hotels war möglich. Der Abschied vor unserem Haus in der Wagnerstraße war gewaltig, alle waren da, Freunde, Nachbarn, die Freundin meines Sohnes und deren Eltern, meine Cousine und ein Mitarbeiter der Firma, in der ich die ganze Ausrüstung gekauft hatte, der schoss Fotos von allen Seiten. Meine Frau weinte als würde ich nie wieder kommen, selbst mein Sohn umärmelte mich immer wieder. Erst nach einem langen, sehr langen Abschiednehmen, es war wohl über eine Stunde, stieg ich auf das Rad und habe bis ans Ende unserer Straße, ohne mich umzudrehen, mit feuchten Augen, mein Hamburger Fähnchen geschwenkt.

Die ersten Kilometer waren sehr anstrengend, die Stadt wollte kein Ende nehmen, und ich hatte den Wind von vorn, Westwind, auch das Rad fuhr ungewohnt schwer, mein Stadtrad, eine alte Gurke, hatte ganz schmale Reifen und war nie so schwer  beladen, da brauchte ich nur die halbe Kraft. Schon nach 70 Kilometern in einem kleinen Ort nördlich von Soltau machte ich für heute Schluss und hatte Glück, in dem einzigen Hotel im Dorf war noch ein Zimmer frei. Das Rad schloss ich draußen an einem Fahrradständer mit zwei Schlössern an und brachte meine Gepäcktaschen nach oben in ein sehr sauberes und gemütlich eingerichtetes Doppelbettzimmer. Leider legte ich mich zur Probe auf das Bett, das hätte ich nicht machen sollen, denn ich schlief sofort ein und wachte erst am nächsten Morgen mit einen unbändigen Hunger auf. Das waren die ersten 70 Kilometer, aber es wurde besser, ich gewöhnte mich an Wind und Wetter, an mein etwas schwergängiges Rad und die leichten Hügel in der Lüneburger Heide. Am zweiten Tag, nach einem reichhaltigen Frühstück und nach einer nur kurzen Mittagspause mit einem heißen Kakao, in den ich ein Müslibrötchen stippte, schaffte ich schon über 100 Kilometer und war abends noch so unternehmungslustig, dass ich eine Tour mit dem leeren Rad nach Minden unternahm und mir hier eine Pizza Margherita und einen halben Liter Rotwein gönnte. Der nächste Tag war sehr beschwerlich, nein, liebe Leser, es war nicht der köstliche Rotwein vom Vorabend, sondern die hügelige Landschaft, ein Berg reihte sich an den nächsten und einer steiler als der andere, eigentlich müssten sich die Kräfte ausgleichen, denn man fährt den kräfteraubenden Berg ja ohne Anstrengung wieder runter und so sollte der Kräfteverbrauch ausgeglichen sein, aber davon habe ich nichts gespürt, denn oben angekommen war ich immer fix und fertig, so dass ich eine Pause einlegen musste und schon nach 80  Kilometern gab ich auf.

Heute am vierten Tag schaffte ich über 100 Kilometer und erreichte einen Vorort von Düsseldorf. Jetzt betrachtete ich die Landschaft, die Kirchen und andere Sehenswürdigkeiten schon bewusster, öfter stieg ich vom Rad und schob schon mal durch ein Dorf oder über eine Brücke und in den Pausen redete ich mit den Leuten und wunderte mich, wie sich der Dialekt von Tag zu Tag verändert. Schon am Tag zuvor bemerkte ich den immer dichter werdenden Verkehr, auch ich musste als Radfahrer auf Radwegen, die über und unter Straßen führten, an kilometerlangen Lärmschutzwällen vorbei, durch Tunnel und über Brücken, die nur für Radfahrer angelegt waren.

Doch heute auf dem Weg nach Aachen waren die ersten 50 Kilometer ein wahres Abenteuer, zuerst mitten durch Düsseldorf, Autos, Autos und noch mehr schwere schwarze Limousinen, auf der Kö habe ich mich dann erst mal ausgeruht und den schoppenden Schönen und Reichen zugeschaut, um dann in der Altstadt am Rheinufer in einem urigen Lokal, wie als erstes auf der Speisekarte angezeigt, einen Halwe Hahn bestellt, ohne zu wissen was da kommt, die Enttäuschung war recht groß, denn ich hatte ja großen Hunger, und so ein Käsebrötchen gab nicht viel her, aber das kleine Kölsch, das gleich mit auf den Tisch gestellt wurde, schmeckte bei dieser Hitze besonders gut. Die Fahrt auf der Brücke über den Rhein war eine Begegnung mit Vertrautem. Schleppkähne, Ausflugsdampfer und Sportboote boten ein buntes maritimes Bild, das so ein bisschen an Hamburg erinnerte. Als ich Neuss hinter mir hatte war die Landschaft lieblicher und abwechslungsreicher. Mein Radweg führte durch Wälder, Wiesen und Kornfelder. Erst jetzt, am 5. Tag, hatte ich die ganze Radfahrfreiheit entdeckt, trällerte ein Liedchen, hielt mal an und legte mich ins Gras und sah den ziehenden Wolken zu. Ab und zu begegnete ich Radfahrern, aber so wie ich, bepackt und zielstrebig gen Westen fahrend, habe ich keinen ausmachen können.

Aachen umfuhr ich ein bisschen und war auf einmal in Belgien und in Limbourg an der Gileppe, hier fand ich ein kleines Hotel mit freien Zimmern, wunderschön am Fluss gelegen. Der Preis stimmte und ich habe das Zimmer für zwei Nächte gebucht, eine kleine Erholungspause wollte ich mir gönnen. Das Telefonat nach zu Hause war kurz, denn ich war ja jetzt schon im Ausland, aber die Ruhepause wurde von Hamburg aus lebhaft begrüßt, ich solle mich nicht übernehmen und viele weitere Ratschläge folgten, Sonnenschutz auftragen, viel trinken und im Verkehr recht vorsichtig sein. Es war noch nicht spät und so schlenderte ich durch den Ort, kaufte mir ein Baiser und mit einem Coffee to go setzte ich mich auf eine Bank direkt am Fluss und legte meine Beine  auf den neben der Bank stehenden Papierkorb, das tat gut.

# Julie M.

Sie fiel mir nicht auf, erst das Würgen, dieses Geräusch des Übergebens, lässt mich in ihre Richtung schauen, seitlich im Gebüsch eine gebückte Frauengestalt, Radfahrhose, Beine ohne Strümpfe in halbhohen Schuhen und ein auf und nieder neigender Kopf mit einem Kopftuch, stramm über den Kopf gebunden und hinten unter einem Knoten waren die zwei Enden des Vierecktuchs zu sehen. Wie lange ich dahin geschaut habe, kann ich nicht mehr sagen, sie würgte ununterbrochen, aber es kam nichts und ihr Brechreiz dauerte an, für mich eine Ewigkeit, ich wusste nicht was ich machen sollte. Endlich, sie drehte sich zur Bank, kam wankend die zwei Schritte näher und setzte sich. Sie hielt mit beiden Händen ein Taschentuch vor den Mund und schaute zu Boden. Ich musste was sagen, aber was, denn ich war in eine Art Starrheit verfallen, musste meine geistige Beweglichkeit erst wieder herstellen. Endlich, „kann ich etwas für sie tun," fragte ich in ihre Richtung, der Kopf ging hoch, sie schaute mich an und lächelte. Ein blasses Lächeln, das kraftlose Lächeln einer jungen Frau mit stramm gebundenem Kopftuch.

„Dort hinten am Zaun steht mein Fahrrad und in der rechten Satteltasche ist eine Flasche Wasser, wenn sie mir die bringen würden." Sie trank in ganz kleinen Schlucken und konzentrierte sich darauf, dass das Wasser den richtigen Weg in den Magen fand, dabei streckte sie ihren Körper, machte sich gerade und setzte sich aufrecht hin. Nach jedem Schluck wischte sie sich den Mund und presste dann das Taschentuch auf die blassen Lippen. Ihr Gesicht hatte keinerlei Farbe, fast durchsichtig war die Haut. Die Arme und Hände schlank und unnatürlich blass. Ich schaute zu ihrem Rad und erschrak, es war genau so wie mein Rad bepackt, an jeder Seite eine Satteltasche und oben drauf ein Schlafsack, allerdings war auf dem Vorderrad auch ein Gepäckträger angebracht, beladen mit einer schrillbunten Tasche. Als ich sie wieder ansah, war ihr Körper in sich zusammengesackt, ihr Gesicht lag fast auf ihren Knien, nur ihre Hände zu Fäusten geballt hielten den Abstand zu den angewinkelten Beinen. Ihr Anblick glich einem Häufchen Elend, schlimmer noch, im ersten Moment dachte ich, sie sei tot.

Ganz zart berührte ich sie und erschrak, als sie sich aufrichtete und mit einer klaren Stimme fragte, ob ich ihr helfen könne, denn sie sei am Ende ihrer Kräfte und würde sich gern hinlegen. „Der Schlafsack ist nur mit einem Riemen fest gemacht und in der linken Satteltasche, gleich obenauf liegt ein kleines Kissen, ob ich ihr das holen könnte." Mein Blick schweifte in die Runde, wo wäre hier ein Platz zum Liegen, auf der Bank vielleicht, oder, da gab es nichts anderes, es war ja die Uferpromenade dieses Ortes. Nur eine Sekunde musste ich überlegen und schaute sie dabei an, und fragte, ob ein richtiges Bett nicht besser wäre. Ein ganz kleines Lächeln erhellte ihr Gesicht. „Keine 100 Meter von hier ist ein kleines Hotel mit freien Zimmern" sagte ich und nickte, es sollte ihre Zustimmung untermauern, aber sie schüttelt den Kopf und bat mich, etwas näher zu kommen, „Hotelpreise sind in meinem Reisebudget nicht vorgesehen", sagte sie leise und zeigte mit einer schwachen Bewegung auf ihr Rad, „in der Satteltasche ist ein Zelt und darin werde ich die Nacht verbringen." „Ich mache ihnen einen Vorschlag, sie nehmen mein Bett im Hotel und ich schlafe in ihrem Zelt, nur für diese Nacht" setzte ich hinzu. Wieder dieses Lächeln, so weich, ein Lächeln das nicht in dieses Gesicht passte.

Fast wäre ich darauf hereingefallen und hätte geglaubt, es sei alles gut, ein vorübergehendes Unwohlsein, Falsches gegessen, aber ich habe so ein Lächeln schon einmal in einem ähnlich blassen Gesicht gesehen und ich erschrak, ich erschrak so heftig, dass ich mich setzen musste. Von der Seite sah ich sie an und auf einmal schossen mir die Tränen aus den Augen: Die abnorm blasse Haut, das so stramm gebundene Kopftuch und das würgende Geräusch beim Übergeben, schnell schaute ich zu Boden, holte tief Luft und schaute sie direkt an. Es war so schwer ihren Blick auszuhalten, einen Blick, der eine gewisse Dankbarkeit ausstrahlte, eine Erkenntlichkeit, sich nicht erklären zu müssen. Sie stand auf, doch im selben Moment bückte sie sich, würgte und presste ihre Hand vor den Mund, ich trat hinter sie und ganz instinktiv hielt ich mit der einen Hand ihre Stirn und mit der linken umfasste ich ihren Körper, der sich den Magenkontraktionen anpasste. Momente wie vor 25 Jahren, damals mit meiner Tochter Sandra.

Allmählich beruhigte sich ihr Magen, sie richtete sich auf und schaute mich an und lächelte, ein Lächeln das ich nie vergessen werde. Mit der rechten Hand führte ich ihr Rad, in die linke schob sich ihre Hand und Seite an Seite legten wir die wenigen Schritte bis zum Hotel zurück. An der Rezeption murmelte ich nur, sie hat es doch noch geschafft und morgen kommen wir zu zweit zum Frühstück. Die knallbunte Tasche hatte sie sich umgehängt und ich trug die beiden Satteltaschen.

In der ganzen Zeit fiel kein Wort, nur wie sie sich auf die Liege, die an der hinteren Wand als drittes Bett stand, hinlegen wollte, protestierte ich und habe wohl den richtigen Ton getroffen, oder sie war es leid zu widersprechen, stand auf und wankte die zwei Schritte auf das Doppelbett zu, legte sich ganz langsam hin und so intensiv ich sie auch anschaute, es war kein Lächeln auf ihrem Gesicht zu sehen, nur zwei geschlossene Augen in einem schneeweißen Gesicht. Vom zweiten Bett, von meinem Bett sozusagen, nahm ich die Zudecke und deckte sie zu, denn sie hatte sich oben auf die Oberdecke gelegt. Ganz leise schob ich die Gardinen der breiten Balkontür zur Seite und machte den rechten Flügel der großen Tür auf, ich brauchte Luft und einen Platz zum ungestörten Nachdenken. Eine Holzbank stand auf dem sich über mehrere Balkontüren hinziehenden, riesig langen, überdachten Balkon. Vor mir der träge dahinfließende Fluss mit seinen langen, sich den Bewegungen der Wellen anpassenden grünen Pflanzen. Der ganze Fluss war grün und sah so weich aus. Ich setzte mich einen kleinen Moment auf die Bank, meine Gedanken hatten noch nicht mal einen Anfang gefunden, als ich aus unserem Zimmer ein schlürfendes Geräusch hörte. Ich stand auf und schon von der Tür aus sah ich, wie sie auf der Bettkante saß, ein Handtuch, das sie sich geholt hatte vor sich auf den Knien und übergab sich, nein, es war nur ein Würgen, es kam nichts. Zwei schnelle Schritte zu ihr und wieder war es eine plötzliche Erinnerungsbewegung, mit der einen hielt ich ihren Kopf und mit der anderen umärmelte ich ihren Körper und sagte, ich wüsste ein Mittel, das den Magen beruhigt. Sie schaute nicht auf, sondern fiel wie vorhin auf der Bank an der Uferpromenade in sich zusammen, so dass jetzt wirklich ihr Kopf auf den Knien lag.

Ich legte sie ganz langsam wieder zurück aufs Bett, das Handtuch vor den Mund gepresst, machte sie nur für eine Sekunde die Augen auf, krümmte sich zusammen und durch die nur einen Millimeter geöffneten, blutleeren Lippen kam das eine Wort, „danke." Ich deckte sie zu und ging hinunter in die Gaststube und ließ mir eine Flasche Cola und einen Teelöffel geben. Der Blick der Wirtin, eine Frau so um die 60, war eigenwillig, nicht erstaunt, nicht fragend, eher Mitempfinden ausdrückend, ich schaute sie an und sie senkte den Blick. Im Zimmer hatte sich nichts verändert, sie lag noch genau so zusammengekrümmt wie vorhin, aber schlief nicht, das konnte ich am angestrengten Atmen erkennen. Ich öffnete die Flasche, setzte mich auf die Bettkante und nötigte sie sich hinzusetzen. Das Kissen aus dem Nebenbett stellte ich an das Kopfende und sie rutschte sogar aus eigener Kraft sitzend dagegen. Als wenn sie es wusste, öffnete sie ihren Mund und ich flößte ihr teelöffelweise Cola ein, zwanzigmal und noch mehr, sie schluckte und hielt ihre Augen geschlossen, nur ihr Mund ging nach jedem Runterschlucken ein wenig auf und ich berührte ihre Lippen und träufelte einen schwach gefüllten Teelöffel in ihren Mund. Ich saß so verdreht auf der Bettkante, so dass ich einen Krampf im linken Bein bekam und mich erst einmal strecken musste. Sie rutschte zurück in die Liegehaltung deckte sich selber zu und legte das Handtuch unter ihren Kopf. Ich muss auf der Liege am hinteren Ende des Zimmers eingeschlafen sein, als ich von einem Geräusch geweckt wurde und, was ich nun sah, werde ich in meinem Leben nie mehr vergessen. Die Wirtin, die Frau so um die 60, mit grauem Haar und einer Schürze um, saß da, wo ich vor einiger Zeit, wie lange weiß ich nicht, gesessen hatte, und flößte meiner Hilfsbedürftigen löffelweise Cola ein, das Kopftuch hatte sie ihr abgenommen und ich sah ein Haupt ohne Haare, blass, noch blasser als das Gesicht darunter. Die Wirtin merkte wie ich allmählich aufwachte und gab mir ein Zeichen, liegen zu bleiben. Sie nahm ihre Patientin in den Arm und wiegte sie hin und her. Nach einer unendlichen Zeit, während mein Gehirn verrückt spielte, stand sie auf und winkte mir zu, ich solle ihr folgen.

Ganz langsam stand ich auf und schlich, ohne zur Seite zu schauen, zur Tür hinaus. Die Wirtin deutete an, ich soll mit nach unten kommen, zeigte auf eine Tür, und wir gingen in ihre Privaträume. Sie bot mir einen Stuhl an, setzte sich mir gegenüber an den Tisch und wartete auf eine Erklärung von mir, aber es kam nichts, dann die Frage: „Ist das ihre Tochter?" „Nein, eine zufällige Begegnung", sagte ich und merkte, wie in ihren Gedanken alles neu geordnet wurde. Ich erzählte von der Bank auf der Uferpromenade und meinem spontanen Entschluss so zu handeln wie sie es ja miterlebt hatte. Sie stand auf, setzte sich ganz dicht neben mich und fasste meine Hand. Lange hielt sie sie und schien in Gedanken versunken. „Es war vor vielen Jahren", sagte sie, „da hätte sie das gleiche schon einmal erlebt, ihr Vater war gestorben und sie und ihre Schwester mussten von heute auf morgen dieses Hotel führen. Ein Jahr ging es gut, sie hatten sich eingearbeitet und die Gäste waren zufrieden, als nach einem Arztbesuch die Welt sich auf den Kopf stellte, Krebs im fortgeschrittenen Stadium bei ihrer Schwester, zwei qualvolle Jahre und doch dann der Tod. Vorhin, als ich die Dame an der Rezeption sah, habe ich einen Schreck bekommen und mich  zurückversetzt gefühlt, die gleiche Blässe, ausgelöst durch die lange Chemotherapie, das anliegende Tuch auf dem kahlen Kopf und der kraftlose Gang, schmerzliche Erinnerungen an meine Schwester. Sie könnten ihr Vater sein." Ich sah sie an, ja, ich könnte ihr Vater sein, ja ich könnte ihr Papa sein.

„Eine fettarme Brühe würde ihr jetzt gut tun." „Wie wussten sie überhaupt, dass Cola in kleinen Mengen den Magen beruhigt," „Ich kenne es aus dem Krankenhaus, wo meine Schwester nach der Brustoperation auch teelöffelweise Cola und Malzbier bekam." Ich antwortete nicht, aber schaute ihr zu wie sie einen Becher Brühe zubereitete. Meine Patientin saß im Bett und hatte ihre Zudecke glatt auf das Nebenbett gelegt und sich mit ihrer eigenen zugedeckt. Bevor sie was sagen konnte, bot ich ihr die Brühe an und sie streckte den Arm aus und nahm selber den Becher in die Hand und schlürfte die immer noch heiße Suppe. „Es geht mir wieder etwas besser", sagte sie und machte eine wegwerfende Handbewegung. „Ich habe mich einfach nur übernommen, 100 Kilometer waren zu viel, aber ich wollte es mir selber beweisen, das ich es schaffen kann."

„Vor 3 Tagen habe ich meine letzte Chemo bekommen und die Ärzte haben den unter dem Schlüsselbein einoperierten Port wohl nicht mit  so starken Zellgiften gefüllt wie bei den fünf Malen davor, mir ging es gut, bis vorgestern, als mir mein Freund einen Brief in die Hand drückte, dann sehr eilig in sein Auto sprang und mit quietschenden Reifen davon fuhr. Da habe ich gewusst, was darinnen stand, gelesen habe ich ihn erst am nächste Tag. Nein, geweint habe ich nicht, ich wusste es schon früher, eine brustamputierte Frau war für ihn nicht akzeptabel, er war ein Ästhet, er liebte das Schöne, das Makellose, schon ein kleiner Kratzer oder eine Hautreizung störten ihn, aber ich war nicht viel anders, auch ich liebte das Makellose. Sonnenbank, gebräunte Haut, die Haare immer frisch frisiert, zweimal in der Woche stählten wir unsere Körper im Fitnessclub. Beide verdienten wir sehr gut, gaben das Geld aber genau so schnell wieder aus, es musste ein großer offener Wagen sein, Luxus umgab uns, doch ab und zu setzte ich mich auf mein Jungmädchen-Fahrrad und verschwand für einige Tage im Niemandsland. Das waren immer meine glücklichsten Tage, und zweimal im Jahr fuhr ich nach Düsseldorf und habe in einem Kreis Gleichgesinnter aus meiner Gymnasiumszeit Flugblätter gegen den Krieg verteilt, zuerst aus Gruppenzwang, man wollte dazu gehören, später doch schon mehr aus Überzeugung, man hatte von den vielen Gräueltaten gehört und auch, weil das Interesse wuchs, viel und immer mehr darüber gelesen."

„Nun wollte ich fort, nur einfach weit weg. Heute morgen war es so weit, mein Reisegepäck, Zelt, Schlafsack, Isomatte und mein Tourenrad standen immer in der Garage, schnell war alles gepackt und die ersten Kilometer waren anstrengend, aber dann wurde es beschwerlich und die letzte Strecke bis in diesen Ort habe ich nur noch gekämpft, die Übelkeit kam wieder, stundenlang habe ich nicht mehr getrunken, denn das Wasser schmeckte nach Eisen und wollte die Speiseröhre nicht passieren, ja so haben sie mich vorgefunden."

„Von wo sind sie denn gestartet," fragte ich. „Heute Morgen aus Willich, ich habe bei meinem Vater geschlafen, meine eigene Wohnung ist aber in Meerbusch, nicht weit vom Rhein. Fast 100 Kilometer habe ich auf meinem Tacho, sie können mich doch einmal loben," sagte sie mit dem Lächeln, das ich so mochte. Mir viel ein Stein vom Herzen, dieser lebendige Ton, so ganz anders als noch vor zwei Stunden. Den leeren Becher stellte sie auf den Nachtschrank deckte sich zu und rollte sich zusammen. Ich zog die Vorhänge zu und setzte mich auf den Balkon, es war schon schummerig geworden, und der Fluss war ein schwarzes Band, nur die obersten kleinen Wellen warfen das letzte Licht am Himmel wie kleine Sterne zu mir hinauf. Denken, ich wollte nicht denken, nur dasitzen und träumen, es sollte ein schöner Traum sein und, wie so oft im Leben, manipulierte man seine eigene Träume und das wollte auch ich, den Traum in die Richtung lenken, in die Zeit mit meiner Tochter.

Mit der Nacht kam die feuchte Kühle und ich verzog mich in das wärmere Zimmer. Hier aber war es stockfinster und ich nahm meinen Schlafsack, ertastete  in meiner Reisetasche meine Kopfrolle, holte sie raus und legte mich so auf die Liege, dass ich sie sehen konnte, den Kopf hatte sie mit der Zudecke bedeckt. Ihr Atem ging gleichmäßig und ruhig, die Balkontür stand einen Spaltbreit offen und jetzt hörte ich den Fluss, er murmelte etwas, was ich aber nicht verstehen konnte, und schlief ein.

Am anderen Morgen war dieses Murmeln das erste was ich wahrnahm, aber es war nicht der Fluss, es war sie, und das Geräusch kam aus dem Badezimmer. Aus der Wortwahl konnte ich erkennen, es war ein Telefongespräch, dann rauschte das Wasser der Dusche. Als dieses Geräusch zu Ende ging, drehte ich mich zur Wand und wenig später öffnete sich die Tür zum Badezimmer, das Quietschen der Angeln kannte ich noch vom Vorabend. „Aufstehen, es gibt Frühstück," sagte sie, und ich drehte mich zu ihr um. Sie hatte ein kurzes, dünnes, farbenfrohes Kleid übergezogen und das Kopftuch, bunt zum Kleid passend, war jetzt unter dem Kinn gebunden und dann am Hals nach hinten noch einmal geknotet. „Wollen sie so die Kö unsicher machen, es wird einen Verkehrsstau geben", sie lachte, „nein, wir sind bei der Hotelbesitzerin privat eingeladen, es ist für uns ein Tisch in ihrem Garten gedeckt. Nun mal los, der Kaffee wird kalt", und schon war sie weg. Sie hatte sich einen Kamillentee bestellt und zu essen gab es für sie einen Teller weißer Pampe, ich dagegen wurde wie ein König bedient. Zum Rührei wurde ich genötigt, der auf einem Warmhaltewagen herangefahren wurde, warme Brötchen unter einem Handtuch wurden gereicht, der hiesige Honig, nature á son originale, empfohlen, der Kaffee war kein Kaffee aus der Kanne sondern wahlweise Coffee o laite oder Espresso aus einer Maschine, direkt neben unserem Tisch. Überall Blumen in Töpfen und auf dem Beet vor der großen Terrasse, eine wahre Farborgie, ein buntes Blumenmeer bis hin zum Fluss, der hier einen großen Bogen machte und die Uferpromenade dank einer Brücke auf die andere Seite verlegte. Die Wirtin setzte sich zu uns an den Tisch, trank einen Milchkaffee mit uns und plauderte mit meiner Bekanntschaft im fröhlichen Ton auf französisch, mein unverständlicher Blick störte die beiden nicht, sie gingen wohl davon aus, dass alle Menschen diese Sprache beherrschten.

Nach dem Essen gingen die beiden Damen hinunter zum Fluss, wo mehre Liegestühle aus Holz standen, aber nur in einem lag eine kamelhaarfarbene Decke und auf diesen zeigte die Wirtin, und sie legte sich hin und wurde von der Wirtin fachgerecht verpackt. Es war ein schattiges Plätzchen und mit den Füßen hätte man, wenn man sie weit genug ausgestreckt hätte, das Wasser berühren können. Ich tauchte meinen wohl dritten Croissant in den Milchkaffee und fühlte mich alleingelassen, so richtig alleingelassen. Nicht die Wirtin deckte den Tisch ab, sonder ein junger Mann kam, erkundigte sich, ob ich zufrieden und fertig sei, und fing an, auf einem Tablett das Geschirr und Speisereste zusammenzustellen und wegzutragen, Schließlich saß ich ganz allein an einem leeren Tisch. Ich schaute zu ihr, aber sie schaute ins Wasser, kuschelte sich noch weiter in ihre Decke ein und schien sehr zufrieden. Ein Bein kam unter der Decke zum Vorschein und sie schnippte mit den nackten Zehen einige Kieselsteine, die am Rande des Wassers lagen, bis in die Mitte des Flusses. Ein leerer Liegestuhl stand gleich neben dem ihren, soll ich, nein, doch, nein.

Ich ging nach oben ins Zimmer um ein wenig aufzuräumen, aber es war alles fertig, die Betten gemacht, unsere umherliegende Kleidung fein säuberlich auf Bügeln in den Schrank gehängt und unsere Taschen nebeneinander auf eine Kofferbank gestellt. Auf der Treppe beim Heruntergehen kam mir die Wirtin entgegen, kein Wort, keine verbindliche Geste, sie ließ mir aber den Vortritt auf einer schmalen Stelle auf der Treppe.

Mein Bummel durch den Ort war schon nach eine Stunde beendet. Ich hatte die Sehenswürdigkeiten nur flüchtig angeschaut. Von einer gewissen Unruhe getrieben ging ich zurück in das Hotel. Unter einem Dachvorbau standen weitere Liegestühle auf denen Kissen und Decken lagen, ich nahm eine Unterlage, eine Decke und eine Art Nackenrolle und schlenderte zum Fluss. „Wo waren sie solange", fragte eine etwas schläfrige Stimme vom Fußende der Liege unter der beigen Kamelhaardecke, sie lag mit dem Kopf am Fußende der Ruhebank, und hatte ihre Beine auf die etwas hochgestellte Kopffläche gelegt. „Ist das besser für die Durchblutung?" fragte ich. „Nein, ich höre den Fluss hier besser," sie musste selber lachen. „Waren sie in der Kirche und haben gebeichtet?" fragte sie und lachte wieder. Ich legte mich so wie sie auf die Liege und deckte mich wie sie bis über den Kopf zu. „Ich kann sie gar nicht sehen," hörte ich ihre Stimme und merkte, wie sie mit dem Fuß gegen meine Liege stieß. „Mir geht es besser, wollen wir weiter fahren?" Jetzt schlug ich meine Decke zurück und schaute zu ihr rüber, sah aber nur einen winzigen Spalt in der wollenen Decke, aus der nur ein Auge heraus schielte, die Beine hatte sie freigestrampelt und die fuhren in der Luft Rad. „Sie mögen mich, das merke ich, es tut gut, mir tut es so gut", und sie erzählte weiter: „Seit einem halben Jahr hat mich keiner mehr angefasst, mein Vater wollte es, aber in den fast 6 Monaten hat er mir nicht einmal die Hand gegeben und mein Freund ist schon einen Tag nach der Operation auf Distanz gegangen, nicht mal ein Küsschen, kein Streicheln und das Schlimmste: Seine unterschwelligen Vorwürfe, ich hätte die Totaloperation verhindern müssen. Ich bekam keine Liebe mehr. Selbst die es wirklich gut mit mir meinten, haben mir meistens wehgetan, das waren die Ärzte mit der Verabreichung der Chemo über den Port, nicht der Eingriff war es, sondern das Wissen, der nächste Tag wird schrecklich und die Schwestern, die festgeklebte Verbände wechseln mussten."

„Ich hatte niemanden der auch nur einmal meine Hand", jetzt schlug sie die Decke zurück und schaute mich mit zwei großen schwarzen Augen an, „der beim Übergeben meinen Kopf hielt". Jetzt blitzte es in ihren Augen und sie sagte: „Bin ich ohne Haare keine begehrenswerte Frau mehr, meine Schamhaare musste ich abrasieren, mein Freund wollt es so, welch eine Paradoxie, nun bin ich auf dem Kopf auch noch glattrasiert und jetzt mag mich keiner mehr." „Doch ich. Ich würde alles geben, um so eine Tochter zu haben, ich würde ihnen den Rücken, die Schultern massieren, die Arme streicheln und viele kleine Küsschen auf ihrem Kopf verteilen". „Warum nur kleine Küsschen", fragte sie und sah dabei ins Wasser. „Das ist zärtlicher, das ist Geben und nicht Verlangen." „Würden sie es wirklich tun, oder ginge es nur, wenn ich ihre Tochter wäre?" „Es geht auch bei ihnen, wie gesagt, kleine Küsschen." „Sie Spielverderber", sagte sie und schaute mich zärtlich lächelnd an. „Darf ich sie zum Essen einladen?" fragte ich und sie zählte schnell auf, was sie bestellen wollte, ein großes Glas Zitronensaft, einen Teller saure Gurken, einen fetten Schweinebraten und hinterher einen Becher schwarzen, sehr starken Kaffee, eine Stachelbeertorte, dazu eine Zigarette und einen Cognac. Schnell begriff ich und merkte, worauf sie hinaus wollte und reagierte prompt. „Wir nehmen aber ein Handtuch mit und ich werde ihnen den Kopf stundenlang halten bis all das Saure ihren Magen wieder verlassen hat." „Würden sie meinen Kopf auch den ganzen Tag und auch noch in der Nacht halten, wenn ich nur noch saure Gurken esse?" Jetzt musste ich lachen. „Was soll ich ihnen holen, am liebsten das gleiche wie heute Morgen", sagte sie,

„einen Teller ungesüßten Brei und einen schwachen schwarzen Tee, meinem Magen geht es so gut wie lange nicht mehr." Die Wirtin nahm meine Bestellung auf und staunte, dass ich das gleiche essen wollte wie unsere Patientin, aber eine Bemerkung blieb aus.
Ein kleiner runder Tisch stand schon unten am Wasser und so brauchte ich nur noch zwei Stühle mitzunehmen. Kein Kommentar als die Wirtin das Essen brachte, es fiel kein Wort während des Essens und nach dem kargen Mal legte sie sich wieder auf ihre Liege und wickelte sich, trotz der Mittagshitze bis über den Kopf in ihre Kamelhaardecke. Ein leises, ein gedämpftes „heee" hörte ich hinter mir, ich drehte mich um, und eine Hand kam unter der Decke zum Vorschein und deren Zeigefinger machte die Herkommbewegung, sehen konnte sie mich nicht, denn zugedeckt bis obenhin lag sie da und nur der Zeigefinger bewegte sich, verführerisch, ich nahm einen Stuhl und setzte mich neben den Liegestuhl, nahm ihren Arm, legte ihn auf meine Knie und streichelte ihn ganz zart, eine Gänsehaut überzog den ganzen Arm und sie drehte ihn so, dass die  Handinnenfläche nach oben zeigte, meine Fingernägel hinterließen weiße Spuren auf einer weißen Haut als ich vom Oberarm bis in die Handfläche hinein sie kraulte. „Bitte noch einmal", da war kein Verlangen im Ton, nur eine tiefe Zufriedenheit, ich schälte ihren Kopf aus der Decke und gab ihr einen winzigen Kuss auf die von blauen Äderchen durchzogene weiße Kopfhaut.
„Einer ist keinmal," sagte sie, und ich verbesserte ihr falsch zitiertes Sprichwort. „Einmal ist schon viel zu viel", ruckartig verschwand der Kopf unter der Wolldecke und auch der Arm wurde eingezogen, und ihr Körper rollte sich in die mir abgewandte  Seitenlage, um das Eingeschnapptsein noch zu verstärken, nur die Wolldecke spielte dieses Spiel nicht mit und rutschte auf der anderen Seite des Liegestuhls herunter, sie lag nun da mit hochgerutschtem Kleid und wusste, dass ich es sehe, sie rollte sich noch weiter zusammen und lag dann

da wie erstarrt. „Ich habe nicht hingeschaut", sagte ich und sie drehte sich schnell zu mir um und lächelte, es war das Lächeln, das ich so mochte. Nachdem ich eiskalt geduscht hatte, war mir wieder klarer im Kopf und ich legte mich auf die Liege in unserem Zimmer. Durch die halb geöffnete Tür hörte ich den Fluss murmeln und war von dem, was er mir zuraunte, sehr erstaunt.

Am nächsten Mittag sind wir schon 40 Kilometer von Limbourg entfernt und nähern uns immer mehr Paris. Um die Mittagszeit rollten wir unsere Schlafsäcke aus und setzten uns am Rande eines Feldweges in den Schatten einer einzelnen Eiche, packten die vielen kleinen Behältnisse aus, die uns die Wirtin mitgegeben hatte. Wir staunten beide, jedes Gericht war mit Liebe zubereitet und verpackt. Für jeden ein Stück Melone mit separat eingewickeltem darüber gelegten hauchdünnen Schinken, für jeden ein Ei und den dazugehörigen Eierlöffel. Zwei Messer und zwei Stück Butter lagen schön verpackt neben einem Baguette, kleine Tütchen Salz und Pfeffer, eine Tomate, ein schon in Streifen geschnittener Apfel, eine kleine Dose Leberpastete und eine Schüssel mit ungesüßtem Grießbrei. Auf jedem Gebinde war eine andere Blume mit einem Gummiband befestigt, zwei Servietten aus Stoff lagen in den beiden extra verpackten Gläsern, eine Flasche Cola und eine große Flasche Wasser war das letzte, was wir im Korb fanden, wir schauten uns an und sie hatte Tränen in den Augen, legte ihren Kopf an meine Schulter und bat um einen kleinen Moment inne zuhalten, um sich zu beruhigen.

„Gestern Abend, sie schliefen schon, als ich in die Gaststube ging um mich mit der Wirtin über ihre Schwester zu unterhalten. Danach konnte ich nicht einschlafen und nun noch das mit viel Liebe hergerichtetes Lunchpaket. Das bewegt mich sehr." Sie stand auf, ging so weit auf dem Feldweg bis ich sie nicht mehr sehen konnte und kam und kam nicht wieder. Nach einer geraumen Zeit lief ich ihr hinterher und sah sie am Rande des Weges Kornblumen pflücken, der Strauß war schon so groß, dass sie ihn in den Arm nehmen musste, ihre Hand konnte die Stiele nicht mehr umfassen. Als ich bei ihr war, nahm sie meine Hand und wir gingen schweigend zurück zu unserem kleinen Picknickplatz. Die Blumen legte sie in den Korb unserer Wirtin. Das Essen war köstlich und ihre Stimmung besserte sich mit jedem Happen, sie aß nicht viel aber von allem ein wenig. Nach dem Mal legten wir uns beide auf ihre Isomatte, ich hatte ja keine. Ich rollte mich zur Seite und merkte, dass sie immer dichter rutschte und merkte die Wärme ihres Körpers, ihre Lippen berührten mein Ohr als sie sagte: „Man könnte jetzt unsere Popos auf ein Band ziehen und als Schmuckkette verkaufen," so war sie, eben noch Tränen und dann das. Ich aber sagte: „Kein Mensch würde eine Kette mit so arg durch den Fahrradsattel geschundenen Popos kaufen." Sie lachte und ihr Atem ging gleichmäßig und ruhig, aber sie schlief nicht und ich wusste, da kommt noch was. Ihr Spruch ließ nicht lange auf sich warten. „Wie fanden sie meinen Slip?" „Ich habe doch nicht hingesehen." „Na, mochten sie ihn leiden?" „Ja", so einen Slip hatte ich noch nie gesehen, er hatte das gleiche Muster und die Stoffqualität ihres Kleides. „Beides habe ich selber entworfen und genäht." „Sie?" „Ja." „Was haben sie denn für einen Beruf?" fragte ich und sie meinte, sie wüsste es nicht, studiert hatte sie in Hamburg Kunst an der HFBK am Lerchenfeld, und hatte sich dann selbstständig gemacht. Die meiste Zeit gab sie Unterricht in ihrem Fach an einer Kunsthochschule in Düsseldorf, ohne Anstellungsvertrag. Sie hatte aber viele Kunden, Agenturen, Messebauer und Werbeabteilungen großer Firmen, die sie immer für eilige Aufträge holten, die außergewöhnliche Kreativität verlangten, das war ihr Ding, wie sie sagte, und für diese eiligen Aufträge wurde sie fürstlich bezahlt, aber die Arbeit in der UNI mache ich ohne Salär, da möchte ich etwas zurückgeben, was ich von der UNI in Hamburg bekommen habe. Ich drehte mich zu ihr um und unsere Gesichter waren so dicht wie nie zuvor. „Ich bewundere sie", sagte ich, „denn ich weiß, wie schwer es ist, auf Befehl gute Einfälle zu haben." „Nun machen sie doch schon, nur ein kleines Küsschen," sie kam immer dichter und es waren nur noch Millimeter zwischen unseren Mündern, ich nahm ihren Kopf in beide Hände und küsste sie auf die Stirn, wohl überlegt gleich zwei mal. „Sie haben etwas dazugelernt", sagte sie, „sie können ja schon bis 2 zählen", und schaute durch das Blätterwerk der Eiche in den Himmel und fragte „Können wir noch ein Weilchen bleiben, ich bin so glücklich, können wir für immer hier liegen bleiben?" „Natürlich können wir, nur dann erreichen wir unser Ziel nicht." „Haben wir ein Ziel?" „Ja", sagte ich. Und sie: „Ich habe eigentlich kein Endziel, aber einen Zeitraum, das ist, wenn das Telefon klingelt und ich zurück muss, um die Strahlentherapie zu beginnen." „Wann ist das?" "Wenn wir den Atlantik erreichen, und dann noch 2 Tage oder drei, wenn sie noch Zeit haben, auch 5, dann fliege ich zurück, das verspreche ich. Seit einer Stunde weiß ich es, ich will alles versuchen und über mich ergehen lassen um nicht zu sterben, es ist so schön zu leben." Sie war ganz dicht herangerutscht und hatte einen Arm über mich gelegt. „Dichter geht es nun nicht mehr", sagte ich", und sie lachte. „Angsthase, es geht doch noch dichter, aber davon haben sie wohl doch keine Ahnung".

„Haben sie sich heute schon ihre Arme und Handoberflächen angeschaut, ich finde sie sind schon richtig braun." Ich hatte noch nicht das Wort braun ausgesprochen, als der Arm, der meinen Körper umschlungen hielt, nach oben schnellte und ihr Kopftuch herunterriss und es in hohem Bogen ins Korn warf. „Auf dem Kopf und im Gesicht will ich braun sein, ich kann mich so blass nicht mehr leiden, ich möchte wieder Haare, eine gebräunte Haut und eine körperliche Kondition wie früher haben. Ich werde nicht mehr im Urlaub auf den Tischen tanzen, auch die Zeit soll vorbei sein, wo ich das kleinste Bikiniunterteil getragen habe, meistens war es so

klein wie eine Briefmarke, es verdeckte nur die kleine Rille
zwischen den Beinen, Haare hatte ich ja nie da unten. In bin
eigentlich in jedem Jahr Schönheitskönigin geworden, es saßen ja da nur unsere sogenannten Freunde in der Jury. Das
war im Sommerurlaub auf Gran Canaria. Wir fuhren jahrelang zur selben Zeit ins gleiche Hotel und jeden Winter 14
Tage vor den Hamburger Ferien nach Tux ins Zillertal zum
Skilaufen. Auch immer mit den gleichen Leuten ins gleiche
Hotel, ich kenne nichts anderes."
Sie haben einen Wunsch frei," sagte ich. „Jeden Wunsch?"
fragte sie, „jeden", wiederholte ich. „Ich habe im Moment
nur einen kleinen Wunsch, ich möchte das wir bis zu meiner
Strahlentherapie zusammen bleiben, ich fühle mich wohl
in ihrer Näh'. Seit gestern ist etwas mit mir geschehen, und
das hängt mit ihnen zusammen, ich lebe wieder ohne Angst,
denn Angst löste die seit einem halben Jahr immer währen-
de Niedergeschlagenheit aus, auch das ständige Übergeben
war nicht allein auf die Zellgifte der Chemotherapie zurück-
zuführen, es war das stetige negative Denken, die schlaflosen
Nächte und das alleine sein ohne menschliche Nähe, selbst
meine Schüler, die ich oft besucht habe, hielten eine gewisse Distanz. Mein Vater, mein Freund, eine richtige Freundin
habe ich nicht, alle zogen sich zurück. Sie waren wirklich der
erste, der mich angefasst hat. Ich war vor meiner Operation
wohl zu verwöhnt. Ich stand im Mittelpunkt, alle mochten
mich, alle liebten mich, ich wurde geküsst und leider auch
begrabscht, aber ich mochte es. Mein Vater umarmte mich,
küsste auf meinen Kopf in meine wunderschönen Haare,
streichelte mich und zog mich auf seinen Schoß, auch er war
in seine Tochter verliebt, und schon im Krankenhaus, wo ich
wie ein Häufchen Elend lag, merkte ich die Veränderung, ab-
gegriffene Worte, du wirst es schon schaffen, und ich mag das
alles gar nicht mehr erzählen, er  wurde von Woche zu Woche immer distanzierter. Schluss jetzt, wir gehen Baden, hinter der Wegbiegung ist ein kleiner See, den habe ich vorhin

entdeckt." Ehe ich mich versah, rannte sie los, ich nahm noch schnell ein Handtuch aus ihrer Tasche und stiefelte hinterher. Schon von weitem hörte ich ihr Prusten und lauthals klagen, ich solle sie retten, denn sie hätte einen Krampf im Bein. Es war ein Unterton in ihrer Stimme, den ich kannte, denn wäre ich besorgt hineingesprungen, hätte sie gelacht und wäre davongeschwommen. So zog ich in Ruhe das Hemd und die Radfahrhose aus, darunter hatte ich wie immer eine Badehose. Das Klagen hörte auf und nun kam ein Protestgeschrei: „Die Hose auch", von einem mit zwei Armen um sich schlagenden, nackten, weißen, manchmal aus dem Wasser auftauchenden wunderschönen Frauenkörper. Vorsichtig stapfte ich durch den Schlamm bis das Wasser tief genug zum Schwimmen war. Sie kam auf mich zugeschwommen und entschuldigte sich für die „Hose runter", konnte es aber nicht lassen, mir mit der Hand Wasser ins Gesicht zu spritzen, und schwamm dann zurück ans Ufer, genau wie ich musste sie durch den Schlamm ans Ufer, der Schlamm blieb an den Beinen kleben und es sah so aus als hätte sie Stiefel an.
Das abgelegte Handtuch nahm sie und legte es um ihre Schulter und band es vorn mit einem Knoten zusammen. Als ich bei ihr war, fragte sie, ob ich zum Reiten wolle und schaute auf meine Beine. "Hü", sagte sie, gab mir das Handtuch, jetzt stand sie nackend vor mir, langsam ging ich auf sie zu und wischte zuerst ihr Gesicht trocken, dann ein wenig den Kopf und dann den Hals und dann die übergroße Narbe auf der rechten Brustseite. Sie zuckte zusammen, ich ließ das Handtuch fallen und streichelte die Stelle mit der Hand. Sie kam einen Schritt näher und legte ihren Kopf auf meine Schulter, ließ aber genügend Abstand, so dass ich mit meiner Hand weiter streicheln konnte. Der Atem wurde schneller und sie kam jetzt ganz dicht heran und legte beide Arme um mich und zog mich so fest an ihren Körper, das ich kaum noch Luft holen konnte. „Ein Glück", sagte sie, „das sie die enge Badehose anbehalten haben, es wäre doch peinlich wenn alle

Leute es sehen könnten." Nachdem ich ihr den Schlamm von den Beinen abgewaschen und ich ihren Rücken trocken geruffelt hatte, zog sie sich an und ich schaute zu. Sie hatte einen wunderschönen Körper, lange Beine, einen knackigen Po, schmale Hüften und einen, nur einen wohlgeformten Busen. Wie sie sich wieder zu mir umdrehte, lächelte sie und ich schaute zum ersten Mal so ganz bewusst in ihre Augen, fast schwarz waren sie und es war ein Funkeln darin. „War es schlimm", fragte sie, „die Narbe anzuschauen? Ist der Anblick eines Krüppels abstoßend, unerträglich, oder nur Mitleid erregend?" Ich zog sie an mich und küsste sie auf die Stirn,. „Mir dürfen sie so eine Frage nicht stellen, denn ich mag sie, so wie sie sind, aber es wird einen Mann geben, der sie, mit dieser Narbe, begehrt, liebt und wenn man liebt, du wirst es erleben, wird die Narbe das Unwichtigste auf der Welt sein, er wird dich anschauen, streicheln und ich bin sicher, auch deine Narbe küssen, wenn du es willst." „Sie haben eben du gesagt, zweimal du gesagt, das war das Schönste an ihrer langen Rede, Aufbaurede, Glücksrede, ich glaube ihnen kein Wort, aber das du nehme ich an, das macht mich glücklich." „Wir sollten jetzt weiter fahren um näher ans Ziel zu kommen, du setzt dir das Kopftuch wieder auf, isst noch ein wenig Brei, trinkst deine Cola aus und..." „Ja Papa", sagte sie, um sich aber sogleich zu entschuldigen, es sei ihr so rausgerutscht. Der Gedanke mit dem Papa gefiel ihr schon ganz gut, aber er ist so neu, dass sie darüber erst nachdenken müsse. Als Mann wäre ich ihr lieber gewesen, denn jetzt könnte sie ja nicht mehr ihre Spielchen mit mir spielen. „Warum nicht, ich fand diese Spielchen schön und werde schon standhaft bleiben." Sie lachte, sie bog sich vor lachen, ich würde ihre Tricks ja noch gar nicht kennen.

„Nun aber rauf auf die Räder." Spät, es war schon nach 19 Uhr, da erreichten wir Charleroi und fanden in der Nähe des Flughafens eine kleine Pension, die noch ein Zimmer frei hatte. Sie schaffte es gerade noch, die Taschen vom Rad zu lösen, die Treppe in den ersten Stock musste ich die Satteltaschen schon tragen und im Zimmer konnte sie noch gerade die Bettdecke zurückschlagen, bevor sie förmlich ins Bett fiel. Ich zog ihr die Stiefel aus, nahm ihr Kopftuch ab und deckte sie zu, das hat sie schon nicht mehr gemerkt, da schlief sie schon. Ich holte aus ihrer schrill bunten Tasche das nicht mehr so weiße Handtuch und legte es neben ihren Kopf in das Bett, öffnete ein Fenster, zog mir ein neues Hemd an und ging den Wegweisern nach, in Richtung Flughafen.

## Afrika auf Weiß

Überall Werbung und Hinweisschilder einer Billigfliegerlinie. Es musste gerade eine Maschine aus sonnigen Gefilden angekommen sein, braune, dunkel braun gebrannte Menschen in luftiger Kleidung kamen durch eine sich immer wieder schnell schließende Tür aus der Gepäckhalle, so konnte man nur wenige Sekunden auf das Gepäcklaufband sehen. Was ich dort sah überraschte mich, denn die Mehrzahl der Gepäckstücke waren Railrucksäcke mit Trinkflaschen in den Netzseitentaschen, oben oder unten angebrachte Isomatten, und das fiel mir auf, alle Rucksäcke waren nicht mehr so ganz neu, Träger abgerissen und mit Band repariert, einige ganz mit Klebestreifen umwickelt und an fast allen bummelte ein kleiner Talisman, teilweise mit buntem Band an einer Taschenöffnung angebracht, herunter, das waren Bären, Stoffpuppen und bei einem sehr zerzausten Rucksack ein kleiner Heidjer, ein Rauhhaardackel, genau wie bei mir. Unser Heidjer ist schon auf vielen Reisen mitgewesen und den hat mein Sohn im letzten Moment an meine Satteltasche gehängt. Jeden zweiten Tag meldete ich mich in Hamburg, gestern hatte ich noch mit meiner Frau gesprochen und am Telefon berichtet, dass ich, ich sagte ich, morgen Frankreich erreiche und es mir gut ginge.

Vor dem Flughafengebäude standen einige Stühle und Tische und durch zwei geöffnete Schiebefenster konnte man sich einen Snack bestellen, ich nahm ein Sandwich und ein großes Glas Bier, setzte mich an einen Tisch und sah dem Leben und Treiben vor der Flughalle zu. Erinnerung an den Hamburger Airport wurden wach, auch dort sitze ich öfter und trinke einen Kaffee, aber dort sind es vorwiegend elegant gekleidete Fluggäste, Geschäftsleute im Anzug, die Urlauber mit teuren Trollis und modischen Koffern, hier ein ganz anderes Bild, die Reisenden viel jünger, leger gekleidet, billige Klamotten und, ärmer, das wird es sein, diese Air Line ermöglicht es, preiswert zu fliegen, macht Reisen erschwinglich. Nach meinem letzten Schluck Bier, es war sehr erfrischend und anregend zugleich, ging ich noch einmal in die Halle und schaute mich um. Drei Schalter waren geöffnet und an einem war ein Schild angebracht mit der Aufschrift: „Wir sprechen auch Deutsch", genau richtig für mich, denn mein Englisch ist nicht das beste, ein freundlicher junger Mann erwiderte meinen Gruß und fragte nach meinen Wünschen. „Haben sie noch zwei Plätze für einen Flug in den Süden?" fragte ich, „morgen vielleicht und in zwei oder drei Tagen zurück." Er schaute nicht einmal auf, sondern tippte auf seiner Tastatur wie wild herum. Mit der einen Hand drehte er einen Bildschirm herum, so dass ich draufschauen konnte und zeigte mit einem übergroßen Curser auf die einzelnen Reihen in einer Tabelle, es war eine ganze Seite mit den Angeboten freier Plätze, Marseille, Faro, Santiago de Compostella, welch eine Versuchung, für nur 40 Euro in zwei Stunden ins Ziel. Eine verrückte Welt, denn ich würde noch Wochen brauchen. Er drehte auf seiner Maus und eine neue Seite wurde sichtbar und gleich oben in der zweiten Zeile ein Zauberwort: Marrakesch. Mein Blick lief auf der Zeile ganz nach rechts und unter der Haedline Preise stand 60 Euro. „Können sie mal nachsehen ob es einen so günstigen Flug auch zurück gibt?" Der Bildschirm flackerte und der übergroße Curser zeigte auf eine Zeile mit

einem Flugangebot in 3 Tagen am Abend zurück nach Charleroi für den gleichen Preis. „Rechnen sie doch bitte mal die
Flüge zusammen, morgen der 11 Uhr Flug hin und dann, den
übernächsten Tag am Abend zurück." Nach Adam Riese sind
4 mal 60 Euro 240.-, aber dem war nicht so, es kamen je Person und Flug noch 13 Euro Gebühren hinzu, so dass ich 292
Euro zahlen musste. Ich zahlte mit der Scheckkarte, denn
das tut im ersten Moment dem Portemonnaie nicht so weh,
aber schon beim Verlassen der Halle hatte ich Zweifel, hat
sie überhaupt einen Reisepass, darf sie überhaupt in ihrem
Zustand fliegen und will sie gleich nach Afrika.
Meine Freundin schlief, aber ich konnte nicht einschlafen,
doch irgendwann fiel ich in einen unruhigen Schlaf, der von
wilden Träumen durchzogen wurde. Ein leichtes Pusten an
mein Ohr weckte mich, ich stellte mich aber schlafend, so
wurde zur neuen Methode gegriffen, mit dem Bettzipfel wurde mein Ohr gestreichelt, außen herum und dann wieder
innen und dann am Hals entlang, und sie kam immer näher. „Nun komm schon in mein Bett, wir können noch fünf
Minuten kuscheln." Ich hatte es noch nicht ganz ausgesprochen, da schob sie zuerst die Bettdecke weg , mein T-Short
hoch, setzte sich kurz auf und zog ihr Hemdchen aus und
kam ganz, ganz nah herangekrabbelt, ich fühlte wie ihr Herz
pochte und spürte ihre heiße Haut. Ganz zärtlich streichelte
ich ihren Arm und sie raunte mir ins Ohr ob ich, wie gestern,
das Verführen, wie sie es nannte, mit den Fingernägeln noch
einmal machen könnte. Ich machte es und sie schnurrte,
noch einmal, bitte noch einmal, sie mochte das und genoss
es. Ihr Atem wurde heftiger und ihr zweiter Arm kam unter
meinem Körper hindurch auch nach vorn und wollte auch
so gestreichelt werden.
„Wir müssen aufstehen", sagte ich, und setzte dann noch hinzu, „ich muss etwas Kräftiges zu Essen haben, denn deine
leidenschaftliche Verführung gestern Abend und danach die
wilden Sexspiele haben mir meine ganze Kraft geraubt." Sie

brauchte einige Sekunden, das zu begreifen, was ich eben sagte, und dann bekam ich einen gewaltigen Knuff in die Rippen und aus tiefstem Herzen rief sie: „Du bist gemein." „Das du nehme ich an", sagte ich, sie stutzte wieder, jetzt lachte sie: „Früher habe ich schneller geschaltet, aber das schnelle Denken kommt ja auch schon wieder, wie heißt du denn?" „Claus." „Ein schöner Name." „Und du?" „Julie. Meine Mutter hat mir diesen Namen gegeben und das u immer wie ein ü ausgesprochen. Jülie klang dann sehr französisch."
„Hast du einen Reisepass mit?" „Warum, glaubst du mir nicht?" „Doch, doch, das mit dem Pass hat einen anderen Grund." „Welchen?" „Wir vereisen ins Ausland." „Wir?" „Ja, wir." „Und wohin?" „Nach Afrika." „Du spinnst, ich würde gern so eine Reise machen, aber unsere Finanzlage erlaubt es doch nicht." „Kannst du 150.- Euro beisteuern?" „Ja, kein Problem, ich habe noch 3.000.- auf meinem Girokonto." „Willst du?" Ja, ich will und wann?" „In zwei Stunden." „Du bist verrückt, du bist so niedlich verrückt." Und sie kommt immer näher und dann küsst sie mich auf den Mund, aber eine Sekunde später entschuldigte sie sich, nahm mich in den Arm und wir drehten und tanzten ohne Musik quer durch das Zimmer.
Eine viertel Stunde später saßen wir beim Frühstück und steigerten uns in die wildesten Vorstellungen von Afrika. Wir werden Elefanten, Löwen und anderen wilde Tiere sehen. „Wohin fliegen wir denn überhaupt?" fragte Julie. „In die Hitze, nach Afrika, nach Marokko, in die Stadt Marrakesch," Hitze macht mir nichts, es ist die Sonne, der ich mich nicht aussetzen soll, aber da gibt es ja Tücher in die ich mich einhüllen werde und ich brauche kein Rad zu besteigen, ich danke dir für diese wohlige Pause, heute wäre ich nicht weit gekommen. Claus, du darfst dir für Afrika etwas wünschen, egal was es ist." „Alles?" fragte ich. „Ja, alles." Sie schaut mich an. „Nun sag es doch schon, irgendwann passiert es ja doch, sei nicht so prüde", aber sie lachte dabei, „ich denke wirklich nicht  immer nur an das eine", sagte sie und lächelte, dieses

Lächeln, das ich so liebte und das wusste sie allmählich. Nur die schrillbunte Tasche wurde mitgenommen, die Papiere und das Geld hatten wir in einem Beutel um den Hals hängen. Im Flugzeug wurde Bingo gespielt und wir gewannen schon beim ersten mal ein Freilos und das stachelte uns an und wir kauften noch eins und noch ein Los, aber wir hatten kein Glück, den ausgeschriebenen Freiflug hat wohl ein Fluggast auf einer anderen Reise gewonnen, unsere Euros flogen nur so in die Billigflieger-Kasse. Dabei verging die Zeit aber schneller, denn unter uns lag eine dichte Wolkendecke, aus dem Fenster schauen war nicht so interessant und Essen, wie auf anderen Linien, gab es auch nicht. Wir saßen zu dritt in einer Reihe und der junge Mann holte, nach dem der Bingorausch vorbei war, aus seiner Tasche einen Laptop und fing an zu schreiben. Julie konnte es nicht lassen und schaute gebannt auf den Bildschirm und erkannte sofort das Vorhaben dieses Mannes.

Er war Fotograf und hatte von seiner Redaktion die Aufgabe, eine Bildreportage über Menschen in Nordafrika zu machen. Die ersten Ideen hatte er jetzt in den PC getippt. Sie las das wenig Geschriebene und wurde ganz hibbelig. Um noch besser lesen zu können, beugte sie sich weit zu ihrem Nachbarn herüber. „Bitte", sagte er, er hatte auf französisch geschrieben und glaubte nun, die neugierige Nachbarin könne es doch nicht lesen. Es ist kein Geheimnis und drehte den Bildschirm so, dass sie es gut lesen konnte und schmunzelte schon in der Vorahnung, dass sie sich nun blamiert hätte. „Na, können sie meine Idee schon erkennen?" Jetzt schaute sie ihren Nachbarn zum erstenmal an, nahm ihm den Laptop vom Schoß und sagte: „Darf ich mal?" „Bitte", sagte er verblüfft, und was nun kam, kann ich kaum beschreiben, geschweige den lesen. Sie machte ein neues Programm auf und strichelte mit der Maus auf der linken Seite eine Figur und schrieb auf französisch an den rechten Rand ihre Vorstellungen, die sie mir später erklärte. Afrika auf Weiß, hieß ihre Idee. Der Hintergrund der Bilder ein weißes Nichts, davor ein Mensch in seiner Bekleidung, zum Beispiel ein Wasserverkäufer in seinem orientalischen Gewand mit zahlreichen, an farbigen Bändern angehängten Münzen und ähnlichem Blechgeklimper. Jetzt kommt erst meine Idee, wir nehmen digital den Körper aus dem Gewand und lassen die braune Haut des Mannes weiß, in der Zeichnung von ihr konnte man es gut erkennen, ein um den nicht sichtbaren Kopf gebundenes buntes Tuch, seine silberne Wasserkanne vor einem orientalischen Gewand und an den nicht zu erkennenden nackten braunen Armen die vielen Ketten und Tücher, als wenn alles schwebte, ein Wasserträger ohne Persönlichkeit, aber durch seine Tätigkeit, durch Tracht und Bewegung gut zu erkennen.

Die Maus zuckte hin und her, als sie ihre farbige Idee auf Weiß malte. Man sah ein schwebendes Gewand, ein Lederoberteil mit kostbarer Stickerei und reichlich mit Silbernieten beschlagen, darunter eine Pumphose und reich verzierte Schuhe, die Kopfbedeckung war ein Fez, Kanne und Becher schwebten in der Luft, aber gerade in der Position als hielten die Hände des Mannes die Dinge fest. Sie legte die Skizze sehr farbig an und ihr Nachbar war hell begeistert, sein Kommentar war, er würde gar nicht mehr fotografieren, sondern diese Zeichnung der Redaktion senden. Das ist die Idee, ich werde gleich morgen eine erste Aufnahme machen und sie per Mail an meine Redaktion senden. „Sind sie morgen noch in Marrakesch?" „Ja, und bei ihrem ersten Foto bin ich dabei", sagte Julie und lehnte sich zurück, ich schaute sie an und erschrak, sie war schneeweiß im Gesicht und ihre Hände zitterten. „Atme tief durch und mach die Augen zu, entspann dich", aber es war zu spät, sie griff in die Tasche und holte das Handtuch hervor und schon ging es los, aber es kam nichts, nur dieses schreckliche Würgen, ich hielt ihren Kopf und es war dieselbe Situation wie vor zwei Tagen als ich sie kennenlernte. Während ich ihren Kopf hielt, streichelte der junge Fotograf ein bisschen unbeholfen ihren Rücken, aber sie merkte nicht, dass er es war.

Kurz vor Marokko lichteten sich die Wolken und ich sah die Meerenge von Gibraltar, rechts den Atlantik und unter uns grünes Land, und als das Atlasgebirge in Sicht kam, setzte der Sinkflug ein. Kurz vor der Landung richtete sie sich auf und meinte, es sei wohl doch noch immer Gift in ihrem Port, aber es ginge ihr schon besser. Ich meinte, es ist nicht das Gift, es ist die Anstrengung, die Tage zuvor war es die Überanstrengung auf dem Rad und heute die Kopfarbeit, für so eine geniale Idee muss man sich doch sehr anstrengen und das geht eben noch nicht ohne Folgen. „Quatsch", sagte sie, „das ist doch mein Beruf, ich habe mich nicht angestrengt." „Gut", sagte ich, „du hast dich nicht angestrengt, dann war es wohl der junge Mann, der dich so verwirrt hat." Sie guckte mich so eigenwillig an und lächelte, aber diesmal galt ihr Lächeln nicht mir sondern ihrem Nachbarn, der von allem nichts mitbekam, weil er im Moment in den Bildschirm oder besser gesagt, was auf dem Schirm zu sehen war, verliebt war.


## Marrakesch

Die Hitze war unerträglich und wirkte wie ein Schlag ins Gesicht als wir auf dem Rollfeld in einen Bus stiegen, der uns zum Terminal brachte. Hier lud uns der junge Mann zu einem Drink ein und schlagartig ging es Julie wieder besser. Sie fragte, in welchem Hotel er denn übernachtet, und er fragte zurück, ob wir schon ein Bett hätten. Als wir dieses verneinten fragte er, ob wir nicht auch im Hotel Marrakesch wohnen wollten, das „Ja" von ihr kam ein wenig zu schnell, zu laut und noch vor dem Ende seiner Frage. Er drehte sich von mir ab und sah sie zum ersten Mal genau an. Trotz ihrer immer noch blassen Gesichtsfarbe konnte man das Erröten sehen und das stand ihr gut, sie sah in diesem Moment wunderschön aus. Der junge Mann schaute verlegen auf seine Fototasche und murmelte, er würde sich freuen, wenn sie morgen bei seinem ersten Foto dabei sein könnte. Wir bestiegen den Linienbus in die Innenstadt und waren nun beim Betreten dieses bunt bemalten Verkehrsmittels mitten in Afrika angekommen. Farbenfreudiger können Menschen nicht angezogen sein, die Gewänder der Frauen ein Formen- und Farbenrausch und auch die Männer hatten unter ihren langen weißen Oberteilen Hosen und Hemden in knallgelb, in leuchtendem Rot oder giftigem Grün, dazu trugen sie alle, ob Mann oder Frau, eine für uns Nordeuropäer auffällige Kopfbedeckung. Die Frauen einfallsreich gebundene Kopftücher und die Männer Hüte und Mützen in jeder nur erdenklichen Form und Farbe. In der Kofferablage oberhalb der Köpfe dufteten bündelweise frisch gepflückter Pfefferminztee, und auf den wenigen freien Plätzen waren Körbe mit flatternden, gackernden Hühnern abgestellt. Julie hatte Glück und bekam einen Sitzplatz neben einem Jungen, ihm zu Füßen lag eine Ziege, deren Beine gefesselt waren, die sie sofort liebkoste und tätschelte, das mochte die Ziege aber gar nicht und mähte lauthals los.

Wir, der junge Mann und ich, standen hinten im Bus und mussten uns an den Handhaltegurten, die von der Decke hingen, ordentlich festhalten, denn der Busfahrer fuhr waghalsige Überholmanöver. Überholte Eselskarren, Lastwagen, aber auch einige normal fahrende Personenwagen wurden angehupt und in irrer Fahrt ging es an ihnen vorbei, keiner schaute auf die schöne Palmenallee mit den noch kleinen Datteln, die in großen Gebinden herunterhingen.

Ab und zu schaute ich aber zu Julie, würde sie dieses Geschaukel gut überstehen, sie ja, aber ihr kleiner Nachbar wurde trotz seiner braunen Haut kreideweiß und fing an zu würgen, schnell holte sie aus ihrer schrillbunten Tasche das nicht mehr ganz weiße Handtuch und hielt es dem Jungen vor den Mund, zuerst eine schroff ablehnende Bewegung, dann aber gab er jeden Widerstand auf und krümmte sich nur so vor Magenkrämpfen. Seine Mama saß vor ihm in der

Sitzreihe und machte keine Anstalten ihrem Jungen zu helfen, lediglich ein Taschentuch reichte sie nach hinten. Ich wollte mich schon durch die dicht stehende Menschenmenge durchkämpfen, als ich sah, wie der kleine Junge Julie anschaute und seinen Kopf an ihre Schulter legte und ein wenig Wasser aus der angebotenen Flasche trank und sich dann den Mund abwischte. Sie streichelte seinen Kopf und fuhr mit ihrer Hand über die krausen, schwarzen Haare, und ganz offensichtlich mochte der kleine Junge das, denn er rückte immer näher und selbst die Ziege kam aus ihrer Versenkung und leckte am Handtuch.

Schon von weitem sahen wir das sandfarbene, im maurischen Stil gebaute Hotel, und waren begeistert vom einem sehr großen Innenhof, und Julie meinte, dass dies der Garten Eden sein könnte. In der Mitte ein kleiner See mit Seerosen in allen Farben, Schatten spendende Palmen in jeder Größe und überall Blumen, Blumen und nochmals Blumen, dazwischen hunderte hin und her fliegender Vögel, einige davon erinnerten uns an Kolibris. Auf den kleinen Rasenflächen rund um den See standen Liegestühle mit schneeweißen Auflagen, die so wunderbar zu den grünen, meist exotischen Gewächsen, in Kontrast standen. Wir hatten unser Zimmer noch nicht richtig inspiziert, lag sie schon glückselig auf einer Liege im Paradies. Ich legte mich daneben und fragte, ob es ihr gefiele, und sie sagte, hier bleibe ich für immer, kein Mensch kann mich hier vertreiben. Dann beugte sie sich zu mir herüber und fragte, ob ich ihr meine Hand reichen könnte. Sie nahm sie und küsste sie und hielt sie an die Stirn, sie kam ganz dicht an mein Ohr und flüsterte, „ich habe so eine große Angst vor dem Tod, noch vor wenigen Tagen habe ich an nichts anderes gedacht, als an das Sterben, vorgestern war es schon ein bisschen weniger, gestern nur noch manchmal und heute habe ich bis jetzt nicht einmal dieses Angstdenken gehabt, ich bin dir so dankbar, das wollte ich noch schnell sagen bevor ich ein wenig ruhen möchte. Bleib bei mir", sagte sie, drehte sich zur Seite und ihr Atem ging ganz ruhig. Lange noch habe ich sie angeschaut und ob ich wollte oder nicht, meine Gedanken gingen 25 Jahre zurück und machten mich so traurig, das ich aufstand, in unser Zimmer ging, mich auf das Bett warf und hemmungslos weinte.

Durch die offene Tür hörte ich französische Worte und richtete mich auf, durch einen Palmenwedel hindurch sah ich Julie wild gestikulierend auf unseren Freund einredend, der saß mit seinem Laptop auf einem Stuhl daneben und tippte, das, was sie sagte, in den PC, ununterbrochen nickte er mit seinem Kopf und ab und zu schaute er auf ihre wild hin und her fuchtelnden Arme und es sah so aus, als wenn er diese Bewegungen auch auf seinen Bildschirm einarbeitete. Auf einer Liege, ganz in der Nähe, nahm ich Platz schaute ihnen zu, und beide bemerkten mich nicht, bis ein junger Kellner in einem langen weißen Gewand von einem runden an vier Ketten aufgehängten Tablett Tee servierte, Pfefferminztee, sehr süß, in sehr kleinen Gläsern, aber aus einer Schnabelkanne goss er, aus ein Meter Höhe, treffsicher nach. Unser Freund griff neben sich und hatte auf einmal eine Kamera in der Hand, der Verschluss klickte so schnell, wie ich es schon oft bei Presseveranstaltungen erlebt hatte, voll automatisch. Julie sprang auf und führte sofort Regie, sie stellte den Kellner vor das kleine Gewässer, also frei von jeglichem Grün und gab unserem jungen Fotografen die Anweisung von ganz unten, sozusagen in den Himmel zu fotografieren. Sie selber trank die Gläser blitzschnell aus, um dem Teegießer das weitere Gießen zu ermöglichen. Es wurde solange gearbeitet bis die Kanne leer und Julie keinen Tee mehr sehen konnte.

„Das war der erste Streich und der zweite folgte sogleich", sagte sie und drängte zum Aufbruch, Marrakesch zu besichtigen und so ganz nebenbei knipsten wir noch zwei, drei Motive. Ihr Gesicht ließ eine leichte Bräune erkennen und die Arme und Hände zeigten wie schnell sie Farbe annahmen, fast genau so braun wie meine Arme und Beine. „Zuerst werden

Kleidungsstücke gekauft, die die Sonne abhalten", sagte ich, „und dich zu einer schönen Afrikanerin machen." Dazu war sie bereit. Es wurde eine weiße Pumphose, die unten ganz eng und an den Seiten in Höhe der Knie weit ausgestellte Abnäher hatte, gekauft, darüber ein sehr, sehr farbiges Oberteil und für den Kopf ein weißes, kunstvoll gebundenes Tuch, das bis auf die Augen alles verbarg. Ich schenkte ihr noch eine kleine, kunstvoll ziselierte Silberdose und dazu ein klitzekleines Stück Moschus, so groß wie eine Haselnuss. Vom Verkäufer ließ sie sich die Wirkung des Moschusdufts immer und immer wieder erklären, dabei schaute sie mich und dann wieder unseren jungen Freund an. Ich täuschte Müdigkeit vor, ermahnte sie aber noch, hier in den Sougs vorsichtig zu sein, und schlenderte zurück ins Hotel, vorbei an der Kontoubia Moschee und den Agdal-Gärten.

Ganz leise muss sie sich ins Zimmer geschlichen haben, denn trotz unruhigen Schlafs habe ich sie nicht heimkommen gehört. Früh schon vor acht Uhr weckte sie mich mit einem leisen „Schlafmütze" und meinte, ich könne noch weiter schlafen, sie müsse zur Arbeit. Im Hinausgehen sagte sie so beiläufig und ganz lässig, er ist verheiratet und hat zwei süße Kinder und knallte die Tür etwas zu laut ins Schloss.

Am Abend auf dem Rückflug wurde kaum gesprochen, nur das Nötigste mitgeteilt. Draußen dunkelte es und darum war es uninteressant aus dem Fenster zu schauen, und so schauten wir nach unten in den Schoß. Eine Stunde Schweigen, doch dann kam ihre Hand und schob sich in die meine und sie kam ganz dicht und flüsterte: „Er ist so süß, ich mag ihn ganz doll, aber er hat es nicht bemerkt, wir, vor allen Dingen er, hat nur gearbeitet, acht Motive haben wir im Kasten und die letzten zwei schafft er bestimmt auch ohne mich, morgen oder übermorgen wird er fertig sein, denn in der nächsten Woche sollen fünf Doppelseiten erscheinen". „Ist es denn so geworden wie du dir es vorgestellt hast?" „Ja", sagte Julie, „die Bilder sind toll geworden, vor allen das Färberbild. Ein sehr

junger Färber, fast noch ein Kind, zieht mit einem Stock einen rot tropfenden Stoff aus dem Färbetrog und verdeckt so zum großen Teil seine Kleidung, ein rot geflecktes Unterhemd und eine fast rote, ehemals weiße Pumphose".
„Wie kann man denn sehen, dass es noch ein Kind ist, wenn das Gesicht und die Arme nicht zu sehen sind", „das ist es ja eben, die Kleinheit der Person, das kleine zerrissene  Hemdchen und die schmale Taille des Jungen und die dünnen Beine, die man zwar nicht sieht, aber in der Hose erahnt, das macht dieses Bild zum Besten, und du wirst es sehen, es kommt auf die Titelseite."
„Entschuldige, dass ich vorhin so schlecht gelaunt war, es hat nichts mit dir zu tun, es ist Peter, der mir nicht mehr aus dem Kopf geht, ich hätte so gern weiter gearbeitet, vielleicht hätte er es doch noch gemerkt, dass wir ein ideales Paar sind, bei der Arbeit und auch noch, ach, du weist doch, eben das andere"."Was anderes?" "Oh, du wirst es nie begreifen, werde doch Priester." „Aber ich bin doch verheiratet." "Du hast ja recht, aber bedenke, ich war nie verheiratet, wir alle, mein Freund und dessen Freunde und Freundinnen hatten eine andere Moral, wir trieben es alle miteinander. Wenn ich jetzt zurückdenke, es war nicht immer schön, oft hatte man einen Kater, nein, nicht vom Alkohol sondern von den Sexausschweifungen, es musste immer doller und verrückter zugehen und das Schlimme war, am nächsten Abend ging es wieder los, es war wie eine Sucht." „Denkst du denn jetzt anders darüber oder trauerst du dem wilden Leben nach?" „Nein, ein wenig schäme ich mich, es war alles so oberflächlich, wir haben nie über Moral nachgedacht, so wie du war keiner dabei, wenn ich ehrlich bin, ich hätte dich damals auch nicht gewollt, ich hätte dich ausgelacht und vielleicht auch noch verhöhnt." „Du hättest doch ein paar Tage mit Peter hier in Marrakesch bleiben können, ich wäre dann ohne dich weitergefahren und wir hätten uns jeden Tag angerufen." „Peter treffe ich bestimmt wieder, wir haben uns das versprochen, aber dich brauche ich jetzt."

„Ich möchte heute Abend, wenn wir wieder im Hotel sind, in dein Bett kommen und kuscheln und beim Streicheln einschlafen, ich will keine Angstträume mehr haben und das geht nur mit dir, ich will nie wieder diese blöden Sexangebote machen, aber ich brauche deine Liebe, denn auch bei Peter habe ich es gemerkt, meine Ideen mochte er, war begeistert, raspelte pausenlos Süßholz, er könnte mich küssen, aber meinen Körper, oder besser gesagt meine Krankheit, hat ihn abgestoßen, er hat mich nie angefasst. Er hat nicht mal aus meiner Flasche, die ich ihm reichte, getrunken, das hat sehr wehgetan, aber er kann wohl nichts dafür, oder besser gesagt, alle. die diese Krankheit nicht unmittelbar kennen, gehen auf Distanz. Sie schaute mich voll an und fragte: „Warum ist es bei dir anders?" Ich schaute zu Boden und schwieg.


## Paris

Drei Tage später, so gegen Mittag, erreichten wir die Vororte von Paris und wir waren von unserem Vorhaben, die Stadt zu erobern, nicht mehr weit entfernt. Leider hatten wir beide verschiedene Vorstellungen, wie wir diese Stadt erobern. Ich wollte den Louvre besuchen, den Eiffelturm besteigen und mit, oder besser gesagt, wegen Julie, einige Kunstausstellungen besuchen, aber Julie hatte ganz andere Pläne, sie wollte mich zum Essen einladen, ganz nobel, wie sie sagte. Hand in Hand in einem neuen Kleid mit mir auf der Champs Élysée spazieren gehen und in einer kleinen Diskothek bis zum Morgen tanzen und dann im Morgengrauen weiter fahren, ohne Halt bis an den Atlantik. „Warum denn das?" „Ich habe einen Anruf bekommen, meine Ärzte bitten mich dringend, mit der Bestrahlung anzufangen". „Wollen wir Paris verschieben bis du gesund bist, dann treffen wir uns und machen Paris unsicher. Du bringst deinen Freund mit und ich meine Frau, sie wird bestimmt mitkommen, denn sie liebt diese Stadt und das glaube ich ganz fest, sie wird dich kennenlernen wollen, nach dem ich von dir erzählt habe." „Wenn ich wieder gesund bin, machen wir es noch einmal und dann so wie du es möchtest. Heute Abend machen wir es so wie ich es dir eben gesagt habe." Sehr schnell erreichten wir den Stadtteil St. Denis und wir bekamen noch ein Zimmer im Hotel Moullin Bleu in der Rue Cháteau d´Eau in der Nähe der Metrostation Boulevard de Straßbourg. Juli legte sich hin und schlief, wie auch an den letzten zwei Tagen, sofort ein. Sie war total fertig, das Treppensteigen in den zweiten Stock war nur mit ihrer letzten Kraft möglich, eine Qual auch für mich, das mit anzusehen. Doch immer, bevor sie sich im Bett zusammenrollte, lächelte sie mir zu, genau dieses Lächeln, was ich so gerne mochte und in den letzten Tagen galt es ausschließlich mir. Nach langem hin und her, von einem Laden in den anderen, nicht nur in unserer Straße, nein, auch noch der kilometerlange Boulevard de Straßbourg wurde in die Kleiderauswahl einbezogen, es wurde ein kleines Schwarzes, knielang und hauchdünn, dazu schwarze hochhackige Schuhe und ein Tuch aus schwarzer Seide. Sie sah zauberhaft aus. Ein wenig war ihre Haut an den Stellen, die beim Radfahren der Sonne ausgesetzt waren, leicht gebräunt. Julie wusste, dass sie gut aussah, sie wusste, dass sie sehr gut aussah und bewegte sich dementsprechend. Ihr Gang hatte etwas Aufreißendes und das Wackeln ihres Pos war provozierend und sehr erotisch. Wir fuhren mit der Metro in die Innenstadt und stiegen direkt unter den Champs-Élysées aus.

Weil aber das Kleid und die Schuhe sehr teuer waren, spendierte sie nur einen kleinen Salat, der in diesem Restaurant und an dieser Stelle der Prachtstraße immerhin noch 16 Euro kostete. Doch wir saßen da, wo man eben sitzt, wenn man in Paris gesehen werden will. Sie genoss es und war glücklich, sie hielt die ganze Zeit meine Hand, so dass wir beide mit nur einer Hand essen konnten, und manches Salatblättchen fiel dabei zu Boden. Dann schlenderten wir über die Champs-

Élysées, vorbei an den berühmtesten Labels, nicht nur an Modehäusern, Autosalons und Gourmétempeln, auch an Galerien mit Ausstellungen berühmter Namen spazierten wir vorbei.

## Paul Cézanne

Vor einer Galerie hatte sich eine große Menschenmasse gebildet, und als wir näher kamen, konnten wir das große Transparent an der Fassade lesen, Montagne Saints Victoire, Paul Cézanne und darunter, provisorisch angebracht, ein handgeschriebenes Schild: Heute letzter Tag. Wir stellten uns in die Schlange der Wartenden und nach einer halben Stunde wurde wieder ein genau abgezählter Schub von 20 Leuten eingelassen, Julie, die vor mir stand, war die letzte, die zwanzigste und direkt vor mir zog der junge Mann eine dicke rote Kordel als Absperrung hoch und hakte sie an einem Mauerhaken fest. Julie hatte es in ihrem Eifer nicht gemerkt und war schon hinter der großen gläsernen Eingangstür verschwunden. Mein dringendes Bitten und Flehen wurde nicht erhört oder besser gesagt, nicht verstanden. Der Monsieur konnte kein Deutsch und ich mich nicht in französisch mitteilen, aber Julie. Sie vermisste mich, kam zurück und noch in der prachtvollen Eingangtür legte sie in der Sprache los, die unser Kordelhalter verstand. Der Satz war noch nicht zu Ende, da wurde die Kordel ausgehakt und mit einer tiefen Verneigung wurde mir der Weg freigemacht. Dicht gedrängt schoben wir uns in der Schlange der Wartenden weiter vor, Juli war ganz aufgeregt und erzählte mir, dass sie in ihrem Studium eine Hausarbeit über Merleau-Ponty schreiben musste, mit dem Titel „Der Zweifel Cézannes", jetzt fielen ihr wieder Einzelheiten ein. „Cézanne zweifelte an sich. Als er älter wird, fragt er sich, ob das Neue an seiner Malerei nicht bloß die Folge einer Sehstörung sei, ob sein ganzes Leben nicht auf einer zufälligen Eigenschaft seines Körpers beruhe, er hatte fehlendes Vertrauen in seine Fähigkeiten. Der Philosoph Maurice Merleau-Ponty verneint diese Frage, und betont, dass sich die Bedeutung des Werkes Cézannes weder aus seinem Leben, noch aus kunstgeschichtlichen Einflüssen noch aus Arbeitsweisen des Malers oder dessen Äußerungen über die eigene Malerei ableiten lasse und schrieb, der Künstler fixiert für das menschlichste der Menschen, das Schauspiel, an dem sie teilnehmen - ohne es zu sehen, macht er es ihnen zugänglich.

Daraufhin habe ich auch Pontys Aufsatz „Das Auge und der Geist" gelesen. „Leider habe ich noch nie ein Original von Cézanne gesehen, nun ist es gleich soweit, ich bin so aufgeregt." Immer wieder streichelte sie meine Hand, ihre dunklen etwas schräg stehenden Augen strahlten und ihr ansonsten blasses Gesicht überzog eine frische Farbe. „Ich kann mich noch gut an eine Stelle in den Schriften erinnern in dem Cézanne sagt: „Die Natur ist im Inneren Qualität, Licht, Farbe, Tiefe. Die sich dort vor uns befinden, sind dort nur, weil sie in unserem Leib ein Echo hervorrufen, weil er sie empfängt. Jenes innere Äquivalent, jene sinnliche formule charnelle ihrer Gegenwart, die die Dinge in mir erwecken, warum sollte sie nicht einen wiederum sichtbaren Linienzug hervorrufen, in der jeder andere Blick die Motive wieder finden würde, die seiner Sicht der Welt unterliegen? Dann erscheint ein Sichtbares in der zweiten Potenz, ein essence charnelle, oder ein Bild des ersten." Als wir vor dem Bild standen war Juli die glücklichste Frau der Welt, ihre Andacht vor dem Cézanne war ergreifend, mit Freudentränen in den Augen lächelte sie und ihre Hände bewegten sich als malte sie das Bild noch einmal. Eine wunderschöne Frau vor einem einmaligen Kunstwerk. In diesem Moment stahl Julie dem Paul die Show und wurde bewegender angesehen als der Cézanne. Meine Hände legten sich um ihre Taille und ich zog sie an mich, ihren Kopf lehnte sie auf meine Schulter, ihre Augen schlossen sich und unter den Liedern quoll ein Strom von Tränen hervor, ihr Körper zitterte und sie schmiegte sich an mich, in diesem Moment nahm sie Abschied von Cézanne, drehte sie sich zu mir um und der Besucherstrom riss uns mit. Weitere Bilder wollte sie nicht sehen und so strebten wir dem Ausgang zu, noch im Vorgarten drehte sie sich zu mir um und ich sah in ihre schwarzen, von Tränen glänzenden Augen, diese Augen kamen immer dichter und ich konnte in ihnen in ihre Seele sehen. Ihr Mund berührte mein Ohr und sie flüsterte so leise, dass ich es kaum verstehen konnte: „Claus, ich will nicht sterben, hilf mir, solche tiefen Momente möchte ich noch oft erleben, es war ergreifend vor so einem Bild zu stehen." Sie küsste mein Ohr und dann raunte sie: „Küss mich doch auch mal, wir sind doch in Paris." Ich nahm ihren Kopf in meine Hände und küsste sie auf die Stirn, nicht flüchtig, nein, ein bisschen mehr und länger, streichelte gleichzeitig ihren nackten Rücken sanft mit den Fingernägeln. Die Tränen schossen nur so aus ihren Augen und die Nase lief, sie merkte es nicht. Diesen Augenblick wollte ich nicht mit einer profanen Handlung stören und griff nicht in die Hosentasche um ein Taschentuch zu holen, sondern wischte streichelnd mit der Hand über ihre Wangen und verteilte die Feuchte auf ihrem heißen Gesicht. Eine viertel Stunde später saßen wir in einem Taxi Richtung

## Sacre Cœer

Juli war noch nie in Paris und kam aus dem Staunen nicht heraus. Auf der Treppe zur Kirche drehte sie sich um und war überwältigt, Paris, die riesige Stadt, die Stadt der Verliebten, lag ihr zu Füßen, ihr Finger zeigte mal in die eine und dann wieder in die andere Richtung und sie erklärte mir die Stadt: „Sieh nur, das ist der Eiffelturm, das dunkle schlängelnde Band ist bestimmt die Seine." Und dann schlug sie die Hän-

de vors Gesicht und blickte nur noch durch zwei gespreizte
Finger, der ganze Anblick war ihr zu überwältigend und sie
hatte Angst vor so viel Glanz. Es war dunkel geworden und
die Stadt Paris hatte ihr bestes Lichterkleid angezogen, es war
wie ein stillstehendes Feuerwerk, Millionen Lichter in allen
Farben strahlten bis zum Horizont. Von oben drang Musik zu
uns herunter, ein alter Mann, auf der obersten Treppe sitzend,
spielte auf einer Mundharmonika. Traurig fielen die Töne die
Treppen herunter und hinterließen bei den vielen Pärchen,
die auf den Treppenstufen saßen, eine gewisse Tristesse. Julie stand auf, kam auf mich zu, nahm meine Hände, legte sie
sich auf ihre Schultern und wir beiden tanzten der Musik
entsprechend langsam, Stufe für Stufe nach oben. Sie löste
sich von mir, setzte sich neben den alten Mann, rückte immer näher an ihn heran, beugte ihren Kopf vor und flüsterte
ihm etwas ins Ohr. Fast gleichzeitig standen beide auf und
nun geschah etwas, das den vielen Pärchen, Studenten und
Besuchern noch lange in Erinnerung bleiben sollte.
Ein zwei falsche Töne, aber dann spielte der alte Mann mit den
schwarzen, fettigen, zu einem Pferdeschwanz zusammenge-
bundenen Haaren, mit den tiefen Falten im dunkelbraun ge-
branntem Gesicht, die ersten richtigen Töne, erst leise, dann
lauter und eine von allen sofort zu erkennende Melodie, den
Can Can. Julie stand mit hoch ausgestreckten Armen auf
der obersten Stufe und ließ verführerisch ihre Hüfte kreisen,
schleuderte ihre Schuhe von sich, machte einen Spagat, ihre
Hände senkten sich, erfassten den Rocksaum und hoben ihn
hoch, sie hatte hautfarbene Strümpfe an, die hoch oben am
Bein wie angeklebt schienen, nur eine Sekunde, aber diese
Sekunde reichte aus, jeden Zweifel auszuschließen, da war
kein Slip, mir stockte der Atem. Julie aber schlug Rad, lüftete,
in dem sie zu mir sah, nur ein bisschen, nur ein klein wenig
den Rock, drehte sich aber im selben Moment um, zeigte mir
und allen anderen ihren Rücken und hob den Rock. Es war
so, als würde ganz Paris Beifall klatschen, alle aber, auch alle

kamen, rhythmisch klatschend, die Treppen herauf und feuerten die Tänzerin an. Julie schlug ein Rad nach dem anderen und aus derselben Bewegung fiel sie in einen perfekten Spagat, die Musik wurde immer schneller und schneller, der alte Mann spielte nicht nur, sondern tanzte seinen eigenen Can Can, ging in die Knie, drehte sich und wiegte sich zum Takt. In einer ihrer wilden Bewegungen verlor sie ihr Kopftuch, der kahle weiße Kopf stand in einem so absurden Verhältnis zu dem Dargebotenen, das es fast schon wieder normal schien und in die surreal anmutende Performance passte. Die Zuschauer erlebten ein Wechselbad der Gefühle, mehrfach geschockt, begeistert von dem Tanz, beeindruckt von dem Mut und einer sinnlichen Atmosphäre, die noch keiner in dieser Intensität an so einem Ort erlebt hatte. Sie umringten Julie, klatschten und wiegten sich im Takt mit. Der alte Mann wischte sich mit einem Taschentuch über die Stirn und etwas darunter trocknete er verschämt die nassen Augen.

Doch plötzlich wurden aus einer Tanzbewegung Schritte, die nicht zur Musik passen wollten. Julie lief in die zurückliegende Dunkelheit und von Weitem hörte ich schon dieses quälende Würgen, ich hielt ihren Kopf und ihr Magen rebellierte so, als wollte ihr gesamtes Innere den Körper verlassen. Mit einer Hand zog ich mein dickes weißes Baumwollhemd aus, zog ihr völlig durchgeschwitztes Oberteil herunter und legte ihr mein Hemd um die Schultern. Sie war völlig fertig, zitterte am ganzen Körper und wäre zusammengebrochen, wenn ich sie nicht gestützt hätte. Bis zur Straße habe ich sie getragen und die Fahrt mit dem Taxi ins Hotel und an das Zubettgehen konnte sie sich noch Tage danach nicht mehr erinnern.

Doch als ich am anderen Morgen aufwachte kam sie schon völlig angezogen ins Zimmer mit der Bemerkung: „In einer halben Stunde fahren wir ab, das Gepäck steht schon unten in der Rezeption und bezahlt ist auch schon alles.“ Ich schaute sie an, vielleicht ein wenig zu tief, so unter die Gürtellinie, worauf sie antwortete, „Claus, mein Herz war gestern in Paris und mein Körper gehorchte dem Herzen, glaube mir, diesen Abend werde ich nie vergessen, ich war so unendlich glücklich." Schon vor der eigentlichen Mittagspause bat ich um eine Auszeit, denn ihr Tempo war enorm, nicht nur rote Ampeln wurden ignoriert, nein, auch die Solidarität ließ nach, sie schaute sich nicht mehr um sondern strebte nur nach vorn. Sie fuhr wie von Dämonen besessen, oft war sie Kilometer voraus und nur durch den vorab abgesprochenen, auf identischen Landkarten eingezeichneten Weg konnte ich ihr folgen.

Doch ich wusste immer, das sie vor mir war, mal war es ein Pfeil aus Papiertaschentüchern gefertigt, mal mein Name in den Sand geschrieben. Der Radweg verjüngte sich und führte direkt an einer Fastfoodwerbung vorbei, da lag, mitten auf den roten Radwegsteinen, ihr Campingbesteck, Gabel und Messer auf einem Taschentuch, von ihr als Serviette gedacht, und die Blüte einer Stockrose war zwischen Messer und Gabel geklemmt. Viele Radfahrer werden gestaunt haben, aber keiner hat das kleine Stillleben zerstört. Juli appellierte stets an das Gute im Menschen und hatte mal wieder Recht.

Ich steckte das Besteck ein und trat in die Pedale, und nach 1,4 Kilometern, genau wie es auf dem Werbeplakat stand, sah ich sie im Vorgarten dieser Restaurantkette sitzen. Ein Riesenbecher Cola stand für mich bereit, nur das Menu hatte sie noch nicht bestellt, denn sie wusste nicht, ob ich Pommes mag. Sie selber aß einen großen Salat. „Wir sind jetzt kurz vor Orléans, und wenn wir heute noch 100 Kilometer schaffen, können wir Übermorgen am Atlantik sein. Dann kann ich in drei Tagen von Nantes zurückfliegen und am Ende der Woche mit der Bestrahlung anfangen. Das Krankenhaus hat schon wieder angerufen und mich gebeten, zur Voruntersuchung zu erscheinen. Ich möchte es hinter mich bringen, 6 Wochen soll es dauern, 40 Bestrahlungen, also jeden Tag muss ich in die Klinik." „Warum bist du soweit vorausgefahren, wir wollten doch eigentlich immer Seite an Seite diese Tour machen." „Wollen wir ab jetzt auch, aber ich musste nach dem Gespräch mit meinem Arzt mal alleine sein, denn er hat mir ganz offen das ganze Krankheitsbild und die Folgen der Bestrahlung geschildert und ich wollte allein meine Entscheidung fällen, und du solltest da nicht mit rein gezogen werden, ich möchte nicht, dass du mich nur weinend in Erinnerung behältst." Sie hatte es noch nicht ganz ausgesprochen, da lag ihr Kopf schon an meiner Brust und ich musste sie streicheln und beruhigen, denn sie schluchzte so laut, dass die Leute an den Nachbartischen herüberschauten. Wir schaffen keine 50 Kilometer mehr, die Hitze ist zu groß und wenn wir morgen wieder eine größere Strecke bewältigen wollen, dürfen wir uns heute nicht so sehr verausgaben. Ich will aber recht bald den Atlantik sehen, sagte sie und stand auf, holte aus ihrer bunten Tasche die Frankreichkarte und breitete sie aus. „Keine 400 Kilometer sind es noch und wenn wir in den nächsten beiden Tagen je 200 schaffen, sind wir da." „Wir können keine 400 an zwei Tagen schaffen, aber ich habe einen Vorschlag, wir schummeln ein wenig." Beim Wort „schummeln" horchte sie auf, das war was für sie. Etwas Verbotenes machen, reizte Sie. „Und was wollen wir machen?" „Wir fahren bis Nantes mit der Eisenbahn und sagen es niemandem und haben dann einen ganzen Tag für uns am Atlantik. Wir können baden, Amerika in der Ferne sehen und Austern schlürfen. Du kannst für einige Zeit dein Kopftuch abnehmen und braungebrannt bringe ich dich dann zum Flieger." Sie schaute mich an und sagte, „ich habe nie geglaubt, dass du so ein Schummler bist.

Aber wir machen das so." Und befreite den Tisch von Unmengen Plastikschrott, der unser Essen beherbergte, faltete die Karte zusammen, fragte nach der Richtung des Bahnhofs und in ihren Augen war dieses wilde Feuer, das Kopftuch war ein wenig verrutscht und unterstrich ihr Anderssein, anders als alle anderen, die hier Rast machten. Es war ein Anblick wilder Schönheit, jede Bewegung war voller Energie, voller Lebensfreude. Bevor wir den Vorgarten verließen, holte sie die letzten Blüten der leuchtend roten Stockrose, die sie auf ihre Satteltaschen gebunden hatte, und legte sie auf die zu Schleifen gebundenen Servietten, ging an den Zaun und pflückte noch einige dunkelgrüne Blätter vom Rhododendronbusch und ordnete sie ein in ihre Tischdekoration. Ich war davon überzeugt, dieses kleine Kunstwerk hält den Tag durch, denn der Ober wird mit seinem Putztuch drum herum wischen und sich bestimmt an Julie erinnern. Jeder hat sie angeschaut und jeder anders, der eine fragend, das Kopftuch irritierte, die anderen bewundernd und andere wieder begehrlich, denn ihre enge Radfahrhose unterstrich ihren knackigen Popo. Julie wusste das, ihre Bewegungen waren so, das man hinschauen musste. Ihr Gang, den Mannequins auf dem Laufsteg ähnlich, ihr Hüftschwung, ein wenig zu ausladend, den einen Fuß genau vor den anderen setzend, war aufreizend. Sie genoss jede dieser Sekunden und konnte nicht verstehen, dass ich nicht genau so reagierte. „Es muss mit dir etwas nicht stimmen", sagte sie, „aber ich habe ja noch 4 Tage Zeit und werde meine Verführungskünste noch verfeinern."

Am Abend erreichten wir Nantes. Julie hatte die ganze Zeit im Zug geschlafen und hat von der Fahrt, rechts und links flussabwärts der Loire über Blois, Tours, Samur und Angers, an vielen Schlössern und Burgen vorbei, nichts mitbekommen. Meine Fotos auf der Digitalkamera machten sie nachher wütend, ich hätte sie wecken müssen, sie habe nur so ein wenig genickert, aber in Wirklichkeit hatte sie tief geschlafen und war nun ausgeruht, um noch 2 Stunden durch die schöne Provinz Veénde bis zum Anfang der Brücke, die die Il de Noirmoutier mit dem Festland verbindet, zu radeln. Hier bot uns ein Wohnmobilist auf einem Parkplatz an, uns mit auf die Insel zu nehmen.

# Il de Noirmoutier

Schnell waren die Räder auf seiner Radhalterung hinten am Wohnmobil befestigt und ab ging die Fahrt, aber nicht über die Brücke, denn es war gerade Ebbe, und der freundliche Camper wollte uns etwas Besonderes bieten. Wir fuhren durch das Watt, über einen 4,5 Kilometer langen Pflastersteindamm auf die Insel. Vorbei an vielen Herzmuschelsuchern, die mit der Schaufel das Watt umgruben und die Meeresfrüchte in kleinen Eimern sammelten, wir fuhren vorbei an Drahtkäfigen, angebracht auf vier Meter hohen Masten, die für den Notfall gedacht sind, Menschen zu retten, wenn die Flut kommt und sie das rettende Ufer nicht mehr erreichen können. Kurz vor Noirmoutier stiegen wir wieder, nachdem wir uns für das Mitnehmen bedankt hatten, auf unsere Räder und fuhren auf einem Damm, der zwischen dem Meer und den kleinen aufgestauten Salzwasserbecken, in denen die Sonne das Wasser verdunstet und das Salz zurücklässt, das jetzt, besonders in der heißen Zeit, mit breiten Holzschabern zu kleinen Haufen zusammengeschoben wird und viele kleine Salzberge entstehen lässt.

In einer alten stillgelegten, zur Pension umgebauten Windmühle, direkt am Strand, bekommen wir ein Zimmer. Begrüßt wurden wir von zwei Katzen, die Floko und Kokain hießen und mit aufs Zimmer kamen. Julie wollte sofort an den Strand, als sie aber das Bett sah, will sie sich für einige Minuten ausruhen und legte sich hin und schlief sofort ein.

Am anderen Morgen, eigentlich wie an den Tagen zuvor, weckte sie mich, diesmal in dem sie sich über mich legte und mit ihrem nassen kalten Badeanzug erschreckte. „Du gehst bestimmt nicht ins Wasser, denn es ist bitter kalt, so um die 18 Grad, doch ich bin einmal bis zur ersten Boje hin und wieder zurück geschwommen."

„Das gleiche werde ich dann auch machen, ich bin ja durch den See an unserem Wochenendhaus abgehärtet, dort wird grundsätzlich am 1. Mai angebadet und das Wasser hat dann manchmal nur 12 Grad." „Wir werden es ja sehen." In der Zwischenzeit hatte sie sich umgezogen, auf dem Kopf das bunte Tuch und das dazugehörige Kleid von unserer ersten Begegnung und zuletzt zog sie den von ihr selbst entworfenen und genähten und von mir einmal als sehr erotisch empfundenen Slip an. Ich lade dich zum petit, nein zum grand déjeuner ein, Milchkaffee, Croissant mit Butter und Honig wird es geben, für mich ein Ei und zusätzlich werde ich fünf Austern schlürfen und du bekommst die sechste. Sie schaute mich an und meinte, bei zu viel Eiweiß sei die Gefahr zu groß, denn sie müsste ja noch den ganzen Tag mit mir zusammen verbringen, ihrem Widerstand könne sie schon trauen, aber wenn das Eiweiß bei mir eine Überproduktion hervorriefe, wäre die Gefahr zu groß, nicht mehr jungfräulich nach Hause fahren zu können, dabei kicherte sie wie ein kleines Mädchen und schenkte mir so nebenbei dieses Lächeln, weil sie wusste, das ich dieses Lächeln so liebte.

Wir saßen in einem kleinen Café direkt am Strand, ein leichter, angenehm warmer Wind umstreichelte uns, auf meiner Serviette lag eine blutrote Stockrosenblüte und genau wie in Paris, hielten wir Händchen in Händchen und hatten Schwierigkeiten mit Messer, Gabel und Teelöffel umzugehen. Zum Glück waren die Austern schon von der Schale gelöst und Julie schlürfte sie hörbar und mit sichtlichem Genuss. Sie war glücklich, ihre Augen strahlten und als der Ober den Tisch abräumen wollte bestellte sie für jeden einen Pastis, den sie aber nicht trank und in mein Glas goss. „Ich habe eine Idee", sagte sie, „ich werde die Bestrahlung ignorieren und wir fahren weiter, immer am Meer entlang, über Bordeaux, ins Baskenland nach Biaritz, Zerautz, da unten dürftest du dir dann auch ein halbes Dutzend Austern bestellen, leider nur einmal, denn es würde auf Dauer zu teuer werden, weil wir zwei Einzelzimmer in weit auseinander gelegenen Hotels nehmen müssten. Jetzt schaute sie mich mit großen

Augen an, sag doch auch einmal so Verrücktes, so Normales, stimme dem doch zu." „Warum fährst du diesen Camino, du erhoffst dir doch auch etwas von diesem Pilgerweg, mir gibt er vielleicht meine Gesundheit ohne Bestrahlung wieder, ohne noch einmal, wie bei der Chemo, durch die Hölle gehen zu müssen. Meinst du, ich hätte nicht schon lange gemerkt, das du alles schon einmal, sagen wir, angefasst hast, glaubst du wirklich, ein anderer hätte sich mit so einem Krüppel wie mir abgegeben? Ich bin dir für diese Tage, die wir zusammen waren und mich zurück ins Leben führten, so unsagbar dankbar, aber jetzt musst du mal was sagen, was soll ich machen, reicht die Chemobehandlung, muss ich die Qualen der Bestrahlung noch auf mich nehmen, bin ich dann wirklich geheilt oder sterbe ich doch, weil die Metastasen, die jetzt schon, wie der Arzt am Telefon sagte, erkennbar sind, nicht mehr einzudämmen sind. Sterbe ich, weil mein Schicksal es will. Ohne zurück ins Krankenhaus hätte ich doch noch eine schöne Zeit mit dir, sag mir doch einmal, was hast du erlebt?" „Irgendwann werde ich es dir erzählen, oder besser gesagt, du kannst es dann lesen. Ich werde ein Buch schreiben und wenn du erlaubst, werde ich die Tage mit dir an den Anfang stellen, aber erst wenn du wieder gesund bist, werde ich weiter schreiben."

„Bringst du mich heute Nachmittag zum Flughafen? Mein Fahrrad, Zelt und Schlafsack kannst du verkaufen, oder du nimmst mein Rad, denn deine Gurke läuft viel zu schwer und verkaufst deines." Den Bikini kramte sie aus ihrer bunten Tasche, verschwand in einem der gestreiften Umkleidehäuschen und es dauerte keine zwei Minuten, da stand sie umgezogen, ohne Kopftuch vor mir, hakte mich ein und meinte, ich könne ja nackt baden, denn sie hätte keine Lust noch einmal zur Pension zurückzugehen um eine Badehose zu holen. Was sie nicht wusste, wie immer hatte ich eine Badehose als Unterhose an. Julie war enttäuscht, als sie das beim Ausziehen meiner langen Hose sah und meinte, ich

sei ein ewiger Spielverderber, gerade in den Dingen, die ihr Spaß machten. Sie hatte sich einen kleinen Sonnenschirm gekauft unter dem sie so lag, dass die Julisonne ihre blasse Haut nicht erreichte. Da der Schirm recht klein war, musste sie sich schon akrobatische Stellungen ausdenken, mal lagen ihre langen Beine auf meinen Schultern, mal krümmte sie sich um den in den Sand gesteckten Sonnenschirmstiel. Dann wieder fuchtelte sie mit ihren Beinen oben in der Mitte des Schirms an den Drahtstangen und hatte es auch einmal geschafft, mit den Zehen die Halterung zu drücken, so dass der Schirm zuklappte. Die wenigen Stunden, die uns blieben, wollten wir nutzten, wir erzählten uns gegenseitig Geschichten aus unserem Leben, wir, besser gesagt Julie, erzählte und erzählte, sie wollte, dass ich sie kennenlernte, sie wollte ihr Bild korrigieren, das ich von ihr haben könnte.
Wenn ich gesund bin, wenn alles vorbei ist, könnten wir doch einmal etwas Verrücktes machen, einmal die Welt auf den Kopf stellen. Natürlich im positiven Sinn, uns ein Denkmal setzen, Ideen hätte ich genug und Mut hätte ich auch, wenn du in meiner Nähe wärst. Wir könnten Kriege verhindern in dem wir eine gewaltfreie Lösung anbieten. Auf der Kö habe ich nur Zettel gegen den Krieg verteilt, die jemand im guten Glauben verfasst hat, aber wir werden nicht schreiben, wir werden hinfahren und die Verantwortlichen schütteln, da hätte ich schon einige Ideen. Sie schaute mich an und in ihren Augen lag diese Zuneigung, Hingabe und Verbundenheit und Vertrauen, etwas mehr als Freundschaft, so etwas wie Liebe. Wir badeten, bauten kleine Burgen, wälzten uns im Sand und immer danach zog sie den Bikini aus und ich musste die beiden Teile im Ozean, wie sie ihn nannte, auswaschen, oft musste ich mehrere Male den Gang zum Wasser machen, weil wieder mal ein kleines aber unsichtbares Sandkörnchen im Schritt piekste. Julie war glücklich, die Chemie überstanden zu haben, nur ein kleiner Knubbel unter dem rechten Schlüsselbein, der einoperierte Port, erinnerte

noch neben der blassen Haut an diese Tortour. Ganz allein band sie das Kopftuch wieder kunstvoll um ihren schon etwas geröteten kahlen Kopf und eine Stunde später hatte sie sich vollkommen eingepackt. Über ihr Kleid zog sie mein Hemd und um die Beine wickelte sie ein Handtuch, aber wir blieben bis zum letzten Moment am Ozean.

Ganz in der Nähe unserer Pension stand das Wohnmobil unseres freundlichen Campers in einer Einfahrt zu einem luxuriösen Ferienhaus. Jetzt bemerkten wir erst das Nummernschild, es war eine Viersener Nummer. Julie fragte im Vorbeigehen unseren Inselfahrer, der im Garten arbeitete und uns zuwinkte, ob er direkt in Viersen zuhause sei. Die Verblüffung war groß, denn er nannte einen anderen, ihren Heimatort, und jetzt wurde, für mich fast unverständlich, auf rheinländisch, das Neuste aus Willich ausgetauscht. So ganz langsam öffnete sie die Gartentür und im Nu war sie im Garten und bis zum Haus durchmarschiert, winkte mir zu, ich solle doch nachkommen, da saß sie aber schon unter einer Pergola und trank aus einem vor Kälte beschlagene Glas ein milchiges Getränk, sie lobte das richtige Verhältnis vom Aperitif Anis und Wasser. Mir wurde auch ein Glas, ein Drittel gefüllt, mit einer goldgelben Flüssigkeit gereicht und genötigt, das Wasser selber hinzuzufügen, um meinen eigenen Geschmack zu treffen. Julie nahm mir aber das Glas aus der Hand, schüttete den Pastis in ihr Glas mit der Bemerkung, man dürfe sich mit Alkohol nicht an das Steuer setzen. „Warum ans Steuer setzen?, fragte ich, und nun wurde wieder Hochdeutsch gesprochen und ich erfuhr, dass unser Freund uns seinen Motorroller für die Fahrt zum Flughafen leihen wollte. Julie rechnete die Zeit aus und kam zum Schluss, wir haben dadurch zwei Stunden gewonnen und könnten noch zusammen einen Café trinken gehen.

In einem kleinen Restaurant direkt am Strand bekamen wir noch einen Schattenplatz und da wir noch nicht zu Mittag gegessen hatten, bestellte Julie eine Fruit de Meer-Platte. Klar und präzise gab sie dem Ober ihre Wünsche auf und was dann kam war eine Augenweide, auf einem Untersatz, ca.15 Zentimeter hoch, der mit Meerestank und Eisstücken dekoriert war, thronte eine Silberschale voller Meeresfrüchte, große gekochte, schon aufgeknackte Tourteaus, Taschenkrebse, ein halber Homard européen, Hummer, geöffnete Huitres, Austern, in denen kleingeschnittene Zitronenstückchen lagen, mindestens zwei Dutzend kleine Meeresschnecken, die noch ihre Fühler aus ihrem Häuschen streckten, aber hier in der Vandée so lebend gegessen werden und das alles umlegt mit weißen lutraires, Herzmuscheln, und darauf kunstvoll garniert karminrot leuchtende Langoustinen. Dazu ein großer Korb, mit in Stücke gebrochenem Baguette, für jeden eine kleine Schüssel Majonäse, dazu eine Flasche sehr kühlen Weißweins, und auf einem Nebentischchen mit einem Teppich ausgestreuter Blütenblätter wurde ein großes Holzbrett gestellt, darauf kleine bunte Schalen mit goldgelber Butter, Käse verschiedenster Art und in der Mitte eine Tonschüssel mit einer köstlich aussehenden Pastete. Neben einem normalen Besteck, dem Messer und einer Gabel, lag noch eine kleine zweispitzige Gabel, die, wie Julie erklärte, zum Herausziehen der lebenden Schnecken gebraucht wird. Julie war begeistert, lobte den Wirt und aß mit sichtlichem Genuss. Einmal von groß bis klein probierte sie und nötigte uns, zuzugreifen, da sie sonst alles alleine aufessen würde und dass dieses gar nicht ihre Art sei, denn sie ist für ein gerechtes Abgeben schon immer gewesen.

Der freundliche Camper aus Willich und ich hielten uns doch mehr an die uns bekannten Meerestiere, aßen viel Baguette mit Butter und die wirklich köstlichen Käsesorten. Ein Gläschen Wein gönnte ich mir und der erinnerte mich an einen Wein, von dem mein Sohn uns einmal sechs Flaschen aus Frankreich mitgebracht hatte, es muss die gleiche Rebe gewesen sein. Eine halbe Stunde später saß ich hinten auf dem

Sozius und sie fuhr wie der Teufel, so, dass ich meine Arme, um besseren Halt zu haben, um ihre Taille legte. Auf gerader Strecke fuhr sie nur mit einer Hand und streichelte mit der anderen meine Arme. In weniger als einer Stunde hatten wir den Flughafen erreicht, parkten den Roller direkt vor dem Haupteingang und holten das telefonisch bestellte Flugticket nach Düsseldorf ab, mit nur einmal Umsteigen ohne großen Aufenthalt in Paris. Julie eilte so schnell wie möglich zum Einchecken und stellte sich in die Schlange der Wartenden und war im Nu auf der anderen Seite der Absperrung. Lehnte sich dann über das Geländer neben der Passkontrolle, winkte mich heran, gab mir einen Kuss auf die Wange und flüsterte, von heftigen Weinkrämpfen immer wieder unterbrochen, ganz, ganz leise in mein Ohr: „Kannst du mich auf deiner Heimfahrt in Willich besuchen, ich werde die nächste Zeit bei meinem Vater wohnen, ich möchte dir dann eine gesunde Julie vorstellen." Sie weinte so heftig und zog immer wieder die Nase hoch, sodass dieses Geräusch mich an ein kleines Mädchen vor langer, langer Zeit erinnerte. Sehen konnte ich sie nur noch verschwommen, mir liefen die Tränen auf die Lippen und ich merkte, dass sie salzig schmeckten. Endlich löste sie sich von mir, ging einige Schritte und drehte sich dann noch einmal um, zeigte auf ihr Handy, das sie hoch hielt, und mir zurief, wir sind auf der Titelseite, kauf dir mal die Illustrierte und schlage die letzte Seite der Bilderserie auf, da steht neben Peter auch mein Name, dann war sie verschwunden. Drei Tage war ich unfähig irgendetwas zu machen, nicht mal zum Strand ging ich, die meiste Zeit verbrachte ich bei dem freundlichen Camper bei dem ich auch wohnte. Er erzählte von Willich, Julie selbst kannte er nicht, aber ihren Vater und Julies Mutter, von der wusste er, dass sie schon vor vielen Jahren wieder nach Frankreich zurück ging und Julies Vater nie wieder geheiratet hatte. Jetzt wurde mir klar, warum Julie so gut französisch sprach und so viele Gewohnheiten der Franzosen kannte, warum sie niemals in

Frankreich war, konnte Frank, ich duzte mich nun schon mit dem freundlichen Camper, er vermutete nur, dass das Verhältnis zwischen ihrem Vater und ihrer Mutter wohl nicht das beste gewesen sei.

Frank ist jetzt Rentner und ganz allein, seine Frau sei letztes Jahr auch an Krebs gestorben, er sagte auch und wusste nicht, wie weh mir solche Worte taten. Der Jacobsweg hatte auf einmal für mich seine ursprüngliche Bedeutung verloren, den Weg machen, in Santiago ankommen und erleuchtet sein, das glaubte ich nicht mehr. Für mich war diese Insel im Ozean das Santiago de Compostella, ich war angekommen und wollte zurück, ich wollte einen anderen Weg gehen, einen ähnlichen, meinen Jacobsweg, den Melkweg. Die Räder und unser Gepäck konnte ich bei Frank in einem angebauten Schuppen deponieren, schon am nächsten Morgen war ich auf dem Weg zum Flughafen.


## Melkweg

Auf der Autobahn Richtung Berlin kommt das Ausfahrtschild Talkau in Sicht. Ich setze den rechten Blinker und fahre ab. Der kleine grüne Pfeil in der Armatur vor mir blinkt rasend und das akustische Signal ist unangenehm laut und viel zu schnell, bestimmt ein Defekt in der Elektronik. Ich gehe mit der Geschwindigkeit runter, bin aber doch noch zu schnell, die Reifen quietschen, das ist sonst gar nicht meine Art. Ein ängstlicher Blick durch das Glasschiebedach zum Dachgepäckträger, das Fahrrad zittert, aber es ist beruhigend zu sehen, die Radbefestigung hält. Nun bin ich auf der wohlbekannten Strecke, die ich vor vielen Jahren wie im Schlaf, jedes Wochenende, am Freitagnachmittag, mit reichlich Proviant im Kofferraum für drei Tage, zurückgelegt habe. Schon im Auto bemerkte man die Vorfreude auf das Wochenende, es wurde gesungen, Pläne für den nächsten Tag gemacht und auf der Möllner Umgehungsstraße, wie an jedem Freitag, wenn der Eiskiosk in Sicht kam, wurde um eine Kühlung am Stiel gebettelt, es sei so heiß, es sei so unerträglich heiß, auch dann, wenn ich die Autoheizung im Winter auf volle Leistung hatte, wurde argumentiert, das man ohne Kühlung es bis Zecher nicht aushalten könne, es gab immer hier bei Mölln ein Eis am Stiel. Dann ging die Fahrt mit einer fröhlichen, gut gekühlten Familie weiter über Sterley, durch Seedorf nach Groß Zecher. Kurz vor dem Dorf gibt der wenig bepflanzte Uferstreifen einen grandiosen Blick über den tiefer liegenden Schaalsee bis zum Werder frei, der Halbinsel im See.

Schon gleich nach dem Ortsschild biege ich nach links in eine Lindenallee ab und am Ende dieses Baumtunnels liegt das Schloss Groß Zecher. Auf einem davor gelegenen Parkplatz stelle ich mein Auto ab, löse die Fahrradbefestigungen und hebe mein Rad vom Dachgepäckträger. Aus dem Kofferraum hole ich noch schnell eine Flasche Wasser und schließe das Auto ab. Die zwanzig Meter bis zum Rondell, der Rabatte vor dem Schloss, schiebe ich mein Rad. Von hier aus hat man einen herrlichen Blick über den See, der hier noch Küchensee heißt, bis zum eigentlichen Schaalsee. Rechts der Werder und davor, direkt am Wasser, das kleine Entenhaus mit einem reetgedeckten, kegelförmigen Dach. In einer seitlich davor gelegenen, von Schilf begrenzten Bucht, dümpeln einige Ruderboote im glasklaren Wasser. Das kleine Entenhaus, das Schloss und auch das dahinter liegende 300 Jahre alte Herrenhaus sind liebevoll renoviert. Fenster und Türen sehen aus wie neu und alle Dächer neu gedeckt, der Rasen gemäht, die Hecken geschnitten, die Wege geebnet und ohne Schlaglöcher. Der Schafstall ist zu einem lichtdurchfluteten, vornehmen Restaurant umgebaut. Alles so anders, so ordentlich, so gepflegt, aber doch alles so sehr vertraut. Vor 25 Jahren war der Blick über den See der gleiche, auch die Anordnung der Häuser, die mächtigen Bäume, doch alles in einem morbiden, unordentlichen, vernachlässigten Zustand. Die Farben blätterten, die Fenster waren windschief. Das jetzt gepflegte Rondell vor dem Schloss war eine Wildnis, und die Wege waren so ausgefahren, dass in der Rübenernte oder nach einem heftigen Regen kein Auto bis zum Schloss durch kam. Ich lehne mein Rad an einem Baum und gehe bis zu unserem Steg. Ein Haubentaucher vor mir auf dem See macht seinen Hals ganz lang und taucht weg. Vor dem Schilf gründeln Stockenten. Erinnerungen, schmerzliche Erinnerungen an meine Tochter Sandra. Es waren die letzten Tage hier in Zecher. Danach nur Krankenhaus und dann, - der Tod. Sie wurde nicht einmal 10 Jahre alt. Geblieben sind die Gedanken an sie, oft nur in Ohlsdorf, auf dem Friedhof. Man gießt die Blumen, sieht ihren Namen auf dem Grabstein, denkt an sie und ist traurig, aber nach den über 25 Jahren kann man am Grab nicht mehr weinen. Die Gedanken gehen eher dahin, wie würde Sandra jetzt aussehen. Eine Frau von 35 Jahren mit dunklem Haar, etwas schräg stehende dunkle Augen, mit einer klaren Stimme. Welchen Beruf hätte sie gewählt, wie, und dann brechen die Gedanken ab und man zupft Unkraut, versteckt die Gießkanne in der nahen Konifere und fährt wieder nach Hause.

Doch dann kommt ein Tag, da will man intensiver denken, da will man die Trauer einmal anfassen, weinen, weinen und nochmal weinen, und so ein Tag ist heute hier in Zecher, an diesem heißen Sommertag. Jetzt stehen mir Bilder vor Augen, von einem kleinen Mädchen, das, wenn sie frei von den Qualen ihrer Krankheit war, hier in Zecher, sehr, sehr glücklich war. Von ihrem 1. bis fast 10. Lebensjahr waren wir hier und verbrachten die Wochenenden und einen Großteil der Ferien auf der Halbinsel, dem Werder im Schaalsee. Die letzten fünf Jahre waren von einer schweren Krankheit belastet. Doch in diesen 5 Jahren gab es auch beschwerdefreie Abschnitte und wir haben wirklich geglaubt, sie hat den Krebs besiegt. Doch kurz nach Weihnachten fuhren wir zurück nach Hamburg.

Ihre Schmerzen waren unerträglich geworden. Ein letzter Blick über den See, genau von dieser Stelle, wo ich jetzt nach 25 Jahren stehe. Damals habe ich Sandra getragen, denn das Laufen fiel ihr schwer. Hier auf dem Steg neben dem Entenhaus, ein letzter Blick über den See, hinüber zu unserer heimlichen Badestelle auf dem Werder, wo sich auf dem von uns aufgeschütteten, klitzekleinen Sandstrand zwei weiße Schwäne niedergelassen hatten. Am nächsten Tag fuhren wir in die Uniklinik und von nun an sind es Erinnerungen an ein kleines Mädchen, das in einem Bett liegt, die Augen geschlossen und von uns schon so unendlich fern war. Einige Tage weiter, ein weißes Blatt Papier mit einem schwarzen Rand und einem Text, den man bis heute nicht zu Ende lesen kann, unendliche Tränen verhindern es.

Wir hatten einen Traum von Vollkommenheit
Von Schönheit, Weisheit und Mut
Und dieser Traum hieß Sandra
Wir hatten den Traum zu erleben
Wie sie wachsen würde,
Wie wir sie begleiten
Ihr von der Liebe erzählen
Und vom Leben.
Doch was wussten wir schon davon,
Sie war so klein
Und schon so alt.
Sie war alt genug zu sterben,
Alt genug in Würde zu sterben
Einfach hinüberzugleiten,
Ohne sich umzusehen
ohne das Zögern und ohne Angst,,
Nur noch bittend, las mich gehen.
Lasst mich meinen Weg gehen,
Der mir bestimmt ist,
Der zu mir gehört, wie meine Geburt.
Lasst mich meinen Tod sterben,
Und schließlich haben wir ihr erlaubt
Zu gehen.


Aber gerade hier am Entenhaus, schöne Erinnerungen an glückliche Stunden. Von hier begann die Ausfahrt zum Melken der Kühe, wenn diese im Sommer auf weit entfernten Weiden grasten. Ein  großes Vergnügen für alle Kinder hier in Groß Zecher. Die morgendlichen Abfahrten, früh, sehr früh, werde ich nie vergessen. Der Traktor vor dem eigentlichen Melkwagen wurde noch an der Tanksäule vor dem Entenhaus mit Diesel betankt, jetzt durften die Kinder es sich auf dem Anhänger bequem machen, einige Strohballen und etwas loses Stroh waren Plätze der 1. Klasse, die anderen saßen auf den blanken Bohlen. Ab ging die Fahrt, über die Dorfstraße, auf dem Melkweg, zu den schon wartenden, unruhig muhenden Milchkühen. Ein Bulle war bei der Herde, dieser wurde aber, wenn die Kinder mit waren, während der Melkzeit vorsichtshalber weggesperrt. Diesen Weg, der, wenn ich an Sandra denke, mir immer vor Augen steht, diesen Weg will ich heute ein Stück mit dem Rad befahren. Erinnerungen einfangen, sie neu beleben, träumen, an Sandra denken und weinen. Es ist Sommer, ein sehr heißer Tag, genau wie so oft damals. Ich setze mich auf mein Rad und fahre bis zum Ortseingangsschild, überquere die Straße Seedorf - Klein Zecher und hier beginnt der eigentliche Melkweg. Oft bin ich hier mit Sandra spazieren gegangen, meistens habe ich sie getragen, denn nach den vielen Operationen war sie für so weite Wege zu schwach. Wir haben Blumen für die Mama gepflückt, Kornblumen, und sie hat mir dabei von den Erlebnissen beim Melken erzählt. Von der frisch gemolkenen Milch, die sie getrunken haben und keinem weiter erzählen sollten, denn es war nicht erlaubt. Wir legten uns auf dem schmalen Wegesrand ins Gras, sahen den Schmetterlingen zu, schlossen die Augen und hörten das Summen der Bienen und, wenn ein dicker Brummer zu hören war, tickten wir uns an und Sandra lächelte, ein Lächeln, das ich so liebte. Es war die schönste Zeit, die ich bis dahin mit ihr erlebt habe. Im Sommer auf dem Ohlsdorfer Friedhof, wenn ich die Blumen gieße, stehen mir oft diese Bilder vor Augen, ich höre die Bienen summen und kann die Hitze spüren.

Heute, hier in Zecher, genau wie damals, lege ich mich auf den Grasstreifen zwischen der ausgefahrenen, sandigen Fahrspur und dem Kornfeld und schließe die Augen. Schon nach einem kleinen Moment bin ich bei ihr, ganz nah und alles ist so anders, so weit, so groß, als befinde ich mich in einer anderen Welt. Eine gewaltige Kraft durchströmt mich, ich kann sie vor mir sehen, kann das Kleid erkennen, ihre blassen, schmalen Arme und das, durch die vielen Bestrahlungen schüttere Haar vorn auf dem Kopf. Die Brille steht ihr gut, dahinter leuchten ihre Augen.

Wie ein Buch liegt die Vergangenheit vor uns, wir schlagen es auf und beginnen dort, wo die Absurdität des Daseins beginnt. Wo das Gefühl entsteht, wenn der Mensch sein Leben als sinnhaft versteht, auf die Welt trifft, die ihm dieses verwehrt. Bevor man dem Absurden begegnet, lebt man mit Zielen, mit einer Sorge um die Zukunft, aber nach der Begegnung mit dem Absurden ist alles erschüttert.

## Elba

Das Wasser aus der Dusche ist eiskalt. Der Druck im Kopf lässt nach. Der Magen beruhigt sich. Das Würgen hört auf. Ich laufe in ganz kleinen Schritten auf die Veranda. Hier brennt die Sonne, es ist bestimmt schon 30 Grad und die kleine Pfütze, die unter mir entsteht, verdunstet sofort. Es ist schon acht Uhr. Ich kann nur raten, denn trotz vieler Erklärungen beherrsche ich das Ablesen der Uhr noch nicht. Die Wärme und der leichte Wind vom Mittelmeer haben mich getrocknet. Ich gehe ins Haus zurück, zu meiner Mami ins Schlafzimmer. Was machen deine Kopfschmerzen. Diese Frage wird immer öfter und in den letzten Tagen fast stündlich gestellt. Sollen wir doch ein Zäpfchen nehmen. Meine Mami sagt immer wir, später habe ich auch nur noch wir gesagt und auch schon im Plural gedacht. Ich lege mich mit dem Rücken aufs Bett und hebe die Beine hoch. Ein Silberpapierknacks. Das Geräusch des Öffnens der Niveadose. Schwubb, ist das Zäpfchen drin. Ja. Ist es wirklich „drinne". „Drinne", sagt Opa immer. Das heißt aber drinnen. Ja, bleib noch bis zum Frühstück liegen. In der Küche klappern die Tassen. Wasser sprudelt in einem großen Aluminiumtopf. Diese große Menge Wasser kocht nicht nur für unseren Tee und Kaffee, nein, aus diesem abgekochten Wasser wird Saft für den ganzen Tag gemacht. Papi sagt immer, er ist der beste Saftmacher der Welt. Zitronensaft und Zucker werden ins Wasser gegeben. Melonen und Pfirsichstücke kommen hinzu. Auf dem Küchentisch ist kaum Platz für das Kaffeegeschirr. Unser Tee wird in einer Schüssel aufgebrüht, da es keine zweite Kanne in diesem Appartement hier auf Elba gibt. Der Tisch ist übersät mit Melonenschalen, Pfirsichresten, Töpfen, Schalen und einer großen, blechernen Milchkanne auf dessen Grund schon ein Sud aus Zitronensaft, Zucker und Fruchtstückchen schwimmt. Hierauf wird das abgekochte Wasser gegeben und noch einmal kräftig umgerührt. Papa kostet das nun fertige Getränk und alle wissen, was jetzt kommt: „Ich bin der beste Saftmacher der Welt", sagt er, und stellt die Kanne in den übergroßen Kühlschrank. Sandra komm, Puppe, frühstücken, aber mir ist taumelig. Ich fasse an meine Stirn und erkunde den Schmerz, es ist ein Druck hinter meiner Stirn, mitten im Kopf. Mami zieht mir eine Badehose an und aus der Küche kommt im fordernden Ton: „Frühstücken". Ich habe Angst, dass Papi auf etwas zu essen und trinken besteht und wird vom Flausein reden, wenn der Magen leer ist. Ich aber weiß, danach muss ich mich übergeben. Der Kopfschmerz klingt ein bisschen ab, das Zäpfchen hat geholfen. Nein, das Zäpfchen nicht, immer nach dem Spucken weicht der Druck aus dem Kopf. Baut sich ab, aber rasch wieder auf. Geh unter die Dusche, du musst eiskalt duschen, das wird dir gut tun. Papi schreit es fast, er weiß auch keinen anderen Rat. Die Schmerzen im Kopf sind unerträglich. Ich gehe unter die Dusche und die Schmerzen lassen etwas nach, um aber gleich genau so schlimm wie vorher wiederzukommen. Jetzt muss ich mich übergeben und der Druck im Kopf lässt augenblicklich nach. Ich lege mich ins Bett, Mami, Frank und Papi sind da, trösten mich, aber können mir nicht helfen. Die Fensterläden werden geschlossen, das Dämmerlicht tut mir gut. Einen Moment bleibe ich noch liegen und dann wirkt plötzlich das Zäpfchen.

Es geht mir so gut, dass ich aufstehen kann und sogar mit ans Wasser möchte, denn in dem recht kalten Mittelmeer geht es mir etwas besser. Nun werden die Lamellentüren geschlossen, die eigentliche Tür dahinter bleibt offen. Wir gehen in den Garten und der erste Blick geht an die weiße Wand des Bungalows über dem Badezimmerfenster. Unser Gecko ist da, breitbeinig klebt die 15 cm lange Echse an der Wand und könnte auch kopfüber im Haus an der Zimmerdecke entlang laufen. Herr Fock, der Vermieter unseres Hauses, hat Mami erzählt, dass ein Gecko im Haus Glück bringt. Nun akzeptiert sie unseren, aber mag eigentlich keine Geckos leiden. Wir gehen durch den Garten, am Feigenbaum vorbei. Frank pflückt eine Feige, aber er isst sie nicht, wir mögen alle keine Feigen. Im Schatten einiger Korkeichen gehen wir bis zum Einstieg einer in den Felsen gehauenen Treppe. Viele Stufen sind es hinunter bis zu einer kleinen Badebucht. Salamander sitzen seitlich auf den Steinen und sonnen sich, einfarbig grüne und einige ganz bunte, das sind die Männchen im Hochzeitskleid. Wenn wir kommen huschen sie in die Büsche oder unter einen Stein. Ich bin sehr viel im Wasser, eigentlich immer, das Mittelmeer ist kühl und der Druck im Kopf ist auszuhalten. Frank und Papi schnorcheln und bringen mir ihre, mit einem kleinen Netz gefangene Beute ins seichte Wasser, hier leere ich es dann in unser mit Wasser gefülltes Schlauchboot aus. Am Ende des Tages ist es ein reich bestücktes Aquarium, Seeigel, Seegurken, Pflanzen und Muscheln und einmal sogar ein recht großer Tintenfisch. Später haben wir oft von Elba gesprochen, vom Monte Capanne und den giftigen Vipern, die wir dort gesehen haben, von Napoleons Haus Dei Mulin. Wir haben oft von diesem Urlaub gesprochen, eigentlich nur von den schönen Dingen. Elba wollten wir gedanklich freihalten vom Anfang meiner nie mehr aufhörenden Schmerzen. Schon Tage später geht es von einem Arzt zum nächsten, nicht nur in Hamburg, nein auch in Sterley bei Zecher, Polizeiarzt, und keiner kann helfen, ich kann nicht mehr gehen, muss mich nach jedem Essen übergeben, ich übergebe mich immer. Die Nächte sind grauenvoll und unendlich lang, keiner kommt mehr zur Ruhe, Oma, Opa Walter, Mami, Frank und Papi. Es sind wohl schon über 10 Ärzte konsultiert und keiner hat gegen diese wahnsinnigen Schmerzen etwas gemacht. Schmerzzäpfchen, die nicht mehr helfen, Magenmittel, die, wenn sie im Magen ankommen, sofort wieder erbrochen werden, und immer wieder Fehldiagnosen bis hin zum Schlimmsten, die Eltern sollten sich einmal psychiatrisch untersuchen lassen.

Es ist Donnerstag, der 29. Juli 1976. Ich bin am 25. Mai fünf Jahre alt geworden. Wir fahren in das Krankenhaus, in die Kinder-Poliklinik. Stunden später ist der Druck weg, ich liege auf der Intensivstation und ein ganz feiner, durchsichtiger Schlauch entlastet den Liquordruck im Kopf. Nach einem Gespräch mit Dr. M. sind Mami und Papi starr vor Entsetzen, seine Diagnose, Versuch einer Totalexstirpation bei einem Verdacht eines Raum benötigenden Hämatoms. Infratentoriell. Ich bin 5 Jahre alt und werde operiert, es ist der 1. August 1976. Dr. A. leitet das Team, Dr. M. hält die Verbindung zwischen OP und Mami und Papi. 6 Stunden dauert die Operation. Beide Neurochirurgen sprechen danach mit Mami und Papi, Dr. A. ist schneeweiß im Gesicht und sehr ernst, er versucht das Ergebnis der Operation zu erklären.

Er, der schon Schlimmes gesehen hat, ist entsetzt, traurig, er sucht nach Worten, er stockt, er findet keine anderen als seine medizinischen Begriffe. Hämatom im 3. Ventrikel, Tennisball groß, subtotal operiert, bei einem sauberen Operationsfeld. Keine Blutungen. Von der Lage her ein Medulloblastom, ein maligner Tumor, der bösartigste aller Gliome. Krebs. Als ich aufwache ist eine Schwester am Bett und ich frage nach meiner Mami, sie telefoniert und nach kurzer Zeit kommt Papi. Es ist ein Uhr nachts und die Schmerzen sind ganz anders, spitz und nicht mehr drückend. Ich kann nur ganz leise sprechen. Der Verband lässt nur Nase, Mund und die Augen frei, ich schlafe ein, wache auf und schlafe wieder. 10 Tage Intensivstation, 10 Tage keine richtige Nacht und keinen richtigen Tag, immer nur ein Halbdunkel. Thomas liegt im Nebenbett, er ist ganz nackt, nur der Kopf ist wie bei mir dick verbunden. Ich trinke Cola und Malzbier, ich soll viel trinken, zwei Tage lang gibt Mami mir alle fünf Minuten einen Teelöffel voll. Der Tropf kann ab und ich kann schon etwas essen. Papi bleibt heute Nacht bei mir und erlebt wie eine Frau im Nebenraum aus dem Bett fällt, es ist 3 Uhr nachts und in 2 Stunden kommt Mami. Ich erzähle ihr, was ich alles gehört und erzählt bekommen habe, ich kann noch nicht wieder sehen. Endlich werde ich hier entlassen.

Vom Hintereingang der Neurochirurgie geht die Fahrt mit dem Krankenhauskrankenwagen an der Krankenhausapotheke vorbei, Mami, die mitfahren darf, erzählt es mir, ich kann es nicht sehen, am Eingang der Hämatologie und Onkologie, vorbei am Wäschehaus und der Kinderherzklinik. Wir halten vor der Kinderstation I und die Krankenpfleger legen mich mit dem Bettlaken auf das für mich vorbereitete Bett gleich an der Tür. Am Fenster, nein an der großen Verandatür liegt Brigitte, mir gegenüber schläft Heidemarie und das 4. Bett ist frei. Mein Gesicht ist sehr geschwollen, aber ich kann mich ein wenig bewegen. Mami ist immer da, Papi kommt am Nachmittag und albert mit uns rum, Heidemarie hat sich im Bett übergeben, das macht doch nichts, höre ich Papi sagen und hält ihren bestrahlten kahlen Kopf. Brigitte soll gewaschen werden und ihre Mama nimmt ihr die Perücke ab. Mami findet, dass Brigitte ohne Perücke viel besser aussieht, sie hat sie nie wieder aufgesetzt. Der Papa von Brigitte kommt und spricht mit Papi, er glaubt, Papi wäre Maler, Kunstmaler, der Irrtum wird gleich aufgeklärt, der Papa von Brigitte ist Maler, aber kein Kunstmaler.

Mein Verband wird abgemacht und sehe, dass ich keine Haare mehr habe, ich bin traurig. Alle trösten mich, aber ich sehe noch einmal in den Spiegel und sehe die vielen Narben auf meinem Kopf, hinten eine große runde und auf dem Kopf eine kleine, hier war der Schlauch einoperiert und quer über den Kopf die weißen Narben von der Nahtsynastose. Prof. L., Dr. W., viele andere Ärzte stehen an meinem Bett und möchten noch heute mit der Bestrahlung beginnen, aber Mami und Papi bitten um Bedenkzeit. Bitte, morgen, noch 24 Stunden ohne zusätzliche Qualen. Tags darauf geht es los, wieder mit dem Krankenhauskrankenwagen bis zur Radiologie. Der Fahrstuhl fährt tief, immer tiefer in den Keller, große dicke Stahltüren und dahinter in einem halbverdunkelten Raum ein Tisch und darüber ein riesiger Apparat. Ich werde auf den Tisch gelegt und alle verlassen den Raum, ich bin allein und die große Kugel über mir bewegt sich, ein leichtes Summen, ich merke nichts. Die dicke Tür geht wieder auf und ich werde hinausgetragen und auf eine Trage gelegt. Wir warten bis alle fertig sind, um im Konvoi wieder mit dem Fahrstuhl ans Tageslicht gebracht zu werden. Heidemarie wird getragen, vor mir ein Junge, Ulli, er kann laufen, Brigitte auf einer Trage, und ich als letzte.

Zurück zur Kinder I, schon im Auto würge ich und auf der Station muss ich mich übergeben. Meine Mami ist da und Heidemaries Mama ist noch nicht da, sie übergibt sich im Bett. Die Schwestern überziehen unsere Betten neu und wir bekommen alle ein Zäpfchen gegen das Übelsein. Sandra, du verkrampfst dich, nein, sie rollt mich auf die Seite und probiert es noch einmal, Lernschwestern können es noch nicht so gut. Wir bekommen Abendbrot und Mami bekommt auch eine richtige Portion, davon bewahrt sie etwas für Papi auf, der gleich nach seiner Arbeit ins Krankenhaus kommt. Wir fahren dann mit den Betten in den Garten, es ist Sommer und angenehm warm. Oma und Opa kommen, Frau Ehrhorn hat am Nachmittag vorbeigeschaut. Wir sitzen im Garten und ich lerne wieder Stehen und einige Schritt zu gehen. Die kleinen weißen Blumen auf der Wiese kann ich wieder sehen, das Grün der Büsche tut mir gut. Alle Haare, aber auch alle Haare sind ausgefallen, die Augenbrauen und die wenigen Kopfhaare, die nach der OP noch da waren, alle sind ganz weg. Ich trage ein Kopftuch.

Roswitha kommt in ein Gipsbett und Adelheide möchte nach Hause. Irgendwann waren sie nicht mehr da, ich habe sie nie wieder gesehen, beide sind tot. Rote Striche auf dem Kopf und auf dem Rücken, viele Zeichen mit roter Tinte für die 40 Tage lange Bestrahlung. Ich bekomme eine neue Zimmernachbarin, sie wiegt über 2 Zentner und darf nicht essen. Unsere Kekse und Naschkram müssen wir wegschließen. Sie ist trotz ihrer Fülle ganz beweglich und sehr lustig. Meine Schmerzen lassen nach, oder ich gewöhne mich an sie. Wir lernen wieder Laufen, Mami und ich, wir sind sehr tüchtig. Mein Pandabär wird immer dünner und dünner, er muss neu gestopft werden und genäht. Den Bär habe ich von Frank und der hat ihn zum ersten Geburtstag von Papi und der hat ihn aus diesem Anlass von Frau S. aus Bergedorf bekommen, einer Kundin von Papi als er noch selbständig war. Der Bär ist jetzt schon 10 Jahre alt.

Wir dürfen bald nach Hause. Mami ist den ganzen Tag bei mir und abends kommt Papi, am Nachmittag kommt Opa und macht Witze mit uns, Opa Walter, wenn er pupt, dann knallt er, er darf mich nicht tragen, er hat gerade einen Herzinfarkt gehabt. Er freut sich immer wenn ich lache. Ich kann nach Hause und werde ambulant behandelt. zwei- oder dreimal in der Woche müssen wir ins Krankenhaus, Bestrahlung, Spritzen, Endoxan, Vinkristin, somit therapeutisch ausgelöste Störung der Blutzellbildung, ich habe keine Angst vor den Spritzen, Mami ist immer dabei. Zuerst kommt der Pieks für das Blut aus der Fingerkuppe, und dann, sehr oft eine große Aufregung, es werden nur 1800 Leukozyten gezählt, das ist zu wenig. Unter 2.000 ist die die Infektionsgefahr zu groß und so wird zu meiner Freude das Zytostatikum verringert und das Spucken hört auf. Ich bin sehr krank, meine

Schleimhäute im Mund sind entzündet, 500 Tage liege ich auf meinem Bett oder auf dm Rücksitz unseres Autos, um ins Krankenhaus zu fahren. Vor meinem Bett steht immer ein kleiner roter Eimer und auf der Bettkante ein feuchter Waschlappen. Mami und Papi tragen mich, tragen mich ein und ein halbes Jahr, solange wird mein Krebs mit starken Mitteln, mit stärksten Mitteln bekämpft. Ich bin ganz blass, denn ich darf keine Sonnenstrahlen auf meine Haut bekommen, schneeweiß ist meine Haut, ich kann nicht mehr stehen nichts mehr sehen und werde jeden Tag schwächer. Ich werde sterben, aber ich möchte zur Schule gehen, mit meinen Freundinnen spielen, radfahren und baden, ich will leben. Mami oder Papi, einer sitzt immer an meinem Bett, Tag und Nacht. Frau Erhorn ist da, Frau Hellwig mit Thomas kommt, die Omas und Opa, alle wollen helfen, aber sie können nur trösten. Ich habe wahrscheinlich schon lange keine sich abartig teilende Zellen mehr im Körper. Bestimmt habe ich den Krebs besiegt.

Im Januar 1978 wirft Mami alle Medikamente fort und wir fahren ins Krankenhaus und bitten die Ärzte, diese grauenvolle Behandlung abzusetzen. Ich kann wieder essen und brauche danach nicht mehr zu spucken. Alles war nur noch Schmerz, jetzt wird es besser, ich erhole mich sehr schnell, ich lebe, ich lebe wieder. Es ist immer noch Winter und unter meiner warmen Wollmütze trage ich eine Perücke. Wir fahren nach Langenhorn zu Oma Martha. Früher sind wir jede Woche einmal nach Langenhorn gefahren und weil es Taschengeld gab, ist Frank immer mitgekommen. Papa machte sich im Haus und Garten bei Oma Martha nützlich, und wir Kinder laufen um die große Tanne, die mitten im Garten steht, und spielen Kriegen, ich kann wieder Kriegen spielen, langsam, ganz langsam, aber es macht riesigen Spaß. Ich bekomme in Langenhorn immer etwas geschenkt, kleine Puppen, Taschentücher, Schnick und Schnack. Mami schimpft immer, wenn ich damit zu Hause ankomme.

Wir fahren jetzt regelmäßig wieder nach Zecher. Mein Zimmer dort ist sehr klein, aber dafür über 3 Meter hoch. Es steht ein Doppelbett darin, oben schläft Frank und ich unten. Jeden Abend muss ich ihn zur Ruhe mahnen, denn wenn es dunkel wird, macht er immer so gruselige Geräusche, oder pupt ganz laut, ich mag das nicht haben. Auf meinem Bord am Bett steht ein Bobby, das ist ein Polizist aus England, den haben Papi und Frank, als sie im letzten Jahr in London waren, mitgebracht, Mami und ich, wir konnten nicht, ich war ja krank. Mein Zimmer in Zecher hat 2 Türen und wenn wir Kriegen spielen, laufe ich aus der vorderen Tür in die Wohnstube, dann durch die Küche ins kleine Zimmer und von dort wieder in mein Zimmer. Frank erwischt mich nie. Die Wohnzimmerwände in diesem alten Herrenhaus sind aus zinnoberroten, sehr goßen Ziegelsteinen,  die zwischen dicken dunkelbraunen Eichenbalken gemauert sind, der Abstand der Treppenstufen ist nicht so hoch wie wir sie hier in Hamburg kennen, denn die Ritter, die vor 300 Jahren hier lebten, konnten wegen ihrer schweren Rüstung ihre Füße nicht so hoch heben. In der Küche steht ein ganz langer Tisch, hier können 14 Leute bequem Platz nehmen und oft sind es so viele, die uns besuchen. Holdorfs kommen gern zu uns, Gerhard, Lola, Christine, Oliver und Christian, ich spiele mit Christine, Oliver und Frank sind Freunde geworden. Oft bleiben sie nach dem Kaffeetrinken noch bis zum Abendbrot und danach spielen wir noch weiter, bis in die Nacht. Winter in Zecher erinnert an diese Spielstunden, an den riesigen bullernden Kachelofen, der die ganze Wohnung behaglich warm macht, aber erst nach Stunden, wenn er heiß wird. Die duftenden Bratäpfel in seiner Röhre, an den zugefrorenen See mit seinen Eislöchern, wo die Angler dick angezogen stundenlang ausharrten und doch keinen Fisch gefangen haben.

Nun ist es Frühling, das Eis auf dem See ist schon lange getaut. Metzels Steg ist ganz schief, denn das Eis hat die Pfähle aus

dem Grund gezogen und zur Seite gedrückt, harte Arbeit für Herrn Dr. Metzel der ja eigentlich nur Herzen operiert. Wir gehen zum Ententempel, wo das Bootszubehör liegt, nehmen drei Paddel, für jeden ein Sitzkissen und gehen zu unserem Kanu, das schon in der letzte Woche ins Wasser gelassen wurde. Frank vorn, ich mit Schwimmweste in der Mitte und Papi ist hinten der Steuermann. Immer dicht, am Schilfgürtel geht unsere Fahrt bis zur Schweinebucht und durch einen kleinen Stichkanal bis zum Wildacker. Hier steigen wir aus und stapfen auf modrigem Boden einmal um die Fischteiche. Überall hört man die Vögel singen und in der Ferne ruft ein Kuckuck, zum Glück hat Papa etwas Geld dabei, denn das soll in diesem Moment Glück bringen. Weiter geht die Fahrt bis zum Berliner Platz, diese Stelle heißt so, weil Herr Groß, der hier immer angelt, Berliner ist. Wir legen an und gehen auf dem Werder ein Stück ins Innere, hier erheben sich 50 Meter hohe Hügel mit Laubwald und dann wieder kleine dunkle Tannenschonungen, hier liegen am Tage die Wildschweine und fühlen sich in diesem Dickicht sicher. Ich habe sogar schon mal ein Wildschwein angefasst, aber davon später.
Der Waldmeister blüht, ist somit für die Bowle nicht mehr geeignet. Ein Schwarzspecht, so groß wie eine Krähe, klopft an einem abgestorbenen Baum, er klopft so kraftvoll und wild, eigentlich müsste er davon Kopfschmerzen bekommen, ich habe auch jetzt noch ab und zu leichte Schmerzen, die aber mit einer Aspirin erträglich werden. Ich kann wieder gehen, sehen und habe in den Armen soviel Kraft, dass ich von meiner Position im Kanu mit einem kleine Paddel mithelfe das Kanu schneller zu machen, „Frischwärts“ ruft Frank und dann rudern wir ganz doll und haben eine irre Fahrt drauf. Die Fahrt geht quer über den Schaalsee, vorbei am Seedorfer Werder, in den Priestersee, von wo man die Häuser auf dem Zuckerhut sehen kann. In der Ferne ruft eine Rohrdommel, dass hört sich so an als wenn man über eine Flaschenöffnung viel Luft bläst, huuuuuuuuuuuh, ganz dumpf und doch sehr

laut. Auf der Rückfahrt kann man unser Schloss schon von weitem sehen, Schloss, in Wirklichkeit ist es ein Herrenhaus und wir wohnen in dem Haus dahinter und das ist noch 100 Jahre älter als das 1760 erbaute Schloss mit seinen kleinen Türmchen, Erkerfenstern und einer großen Freitreppe. Raubritter waren die ersten, die hier gewohnt haben. Unser Haus dahinter ist ein Fachwerkbau mit Lehm und Stroh im Fachwerk.

Zurzeit ist dieses meine große Welt, ein kleines Stück Erde voller Fürsorge, es ist immer jemand in der Nähe und für diese kleinen Entfernungen reicht meine Kraft. Auf der einen Seite das Seeufer und auf der anderen die Bullenwiese, und gegenüber der Kuh- und der Schafstall. Mami schwatzt hier und schwatzt dort, Papi hackt Holz, riesige Kloben, die gerade so in die große Öffnung unseres Kachelofens passen. Im Winter ist es hier in Zecher wahnsinnig kalt, oft haben wir Minusgrade in der Wohnung wenn wir am Freitagabend aus Hamburg eintreffen. Dann ist nicht nur das Wasser in den Leitungen gefroren, leider auch in den Blumenvasen und die haben dann einen Riss. Wir fahren aber jedes Wochenende hier her, gehen spazieren, laufen Schlittschuh auf dem See und bauen riesige Schneemänner. In diesem Jahr kann ich nur auf dem Schlitten sitzen und werde abwechselnd von den Schlittschuhläufern gezogen. Vorn am Schlitten sind viele kleine Glocken angebunden und so fahren wir weihnachtlich bimmelnd über das Eis. Für mich das schönste Stückchen Erde dieser Welt. Der Winter weicht unmerklich dem Frühling und der Frühling dem Sommer. Sommer am Schaalsee, es gibt nichts Schöneres. Leider ist diese Jahreszeit  viel zu kurz um alle meine Vorhaben zu realisieren, Blümchen pflücken für die Mami, ganz kleine, klitzekleine Sträuße, die in einen Fingerhut passen, mit den Puppen auf einer Wolldecke sitzend vor dem Schloss spielen. Himbeeren pflücken, Champignons sammeln, mit einer gewissen Vorsicht auch auf der Bullenwiese, im nahen Wald finden wir

Steinpilze, Butterpilze, Maronen und Papi kennt sogar eine Stelle, wo Pfifferlingen stehen. Diese Stelle verrät mein Papa niemandem, nur ich weiß wo sie wachsen.

An der Feuerlöschstelle kann man prima den Sand zu Backermatsch mischen und dann ein Schloss bauen um danach im flachen Wasser sich zu reinigen und eventuell ein erfrischendes Bad zu nehmen. Ich habe am Wasser immer Schwimmflügel um, denn ich kann noch nicht schwimmen, aber meine Kräfte kehren zurück, das Gefühl für Gleichgewicht wird besser, meine Augen kann ich schon recht gut bewegen, sodass ich meinen Kopf nicht immer mitdrehen muss. Ich kann wieder schnell denken und schlagfertig antworten, nur kann mein Gehirn Erlebtes schwer speichern und dadurch wird das Behalten erschwert. Ich mag kein mitleidiges Getue und wenn Frank mich Spasti nennt, schrei ich ihn an und zähle seine Schwächen auf, so zum Beispiel, wenn er doll lacht, noch in die Hose pieschert, er ist immerhin schon 13 Jahre alt. Von Frank lasse ich mir nicht alles mehr gefallen, wenn es mir zu bunt wird bekommt er eine geschallert. Ich mag Frank gern und ich glaube, er mich auch, er weiß aber nicht, dass ich einen Tumor im Kopf habe.


## Medulloblastom

Etwa die Hälfte der Tumoren der hinteren Schädelgrube bei Kindern sind Medulloblastome, dieses bösartigste aller Gliome kommt fast nur bei Kindern unter 8 Jahren, ausschließlich infratentoriell vor. Histologisch handelt es sich um ein mitoserzisches, undifferenziertes, infiltrierend wachsendes Gewebe, mit Neigung für Fernmetastasen. Liquordruck entlastende Shuntoperationen können die Fernmetastasierung begünstigen. Klinik: Intrakranielle Drucksteigerung, Ataxie Nüchternerbrechen, Kopfschmer-

zen, Koordinationsstörungen, Nackensteife, Zwangshaltung des Kopfes, Augenmuskelparesen, Nystagmus und Stauungspupillen.
Diagnostisch: Echozephalographie, Lumbalpunktion mit zytologischer Untersuchung.
Therapie: Versuch der Totalexstirpation, Postoperative Megavollbestrahlung. Chemotherapie: Amethopterin, Vincristin, Cyclophsphamid. Glukokotikoid zum Abschwellen des Hirnödems. Die Zellen das Medulloblastom sind sehr strahlenempfindlich und chemotherapeutisch sensibel, deshalb sind Remissionen möglich. Die Rezidivrate beträgt aber über 70 Prozent. Die meisten Kinder sterben innerhalb von 2 bis 3 Jahren. Die Überlebensraten bei nachbestrahlten Kindern nehmen nach weiteren Jahren prozentual rapide ab. Bei den Überlebenden sind die Langzeitnebenwirkungen der Bestrahlung zu bedenken. Körperliche und geistige Mängel sind angezeigt.
Im Kindesalter der mit am häufigste Hirntumor: Medulloblastom cerebelli. Es geht meistens vom velum medullare posterius, vom Dach des 4. Ventrikels aus und dringt vom Kleinhirnwurm in die Kleinhirnhemisphären vor. Bei Rezidiven sind Reoperationen nicht angezeigt, auch eine Bestrahlung des Rezidivs ist nicht mehr zur Therapie, sondern gilt nur zur Schmerzbekämpfung.
Ich habe heute am 25. Mai Geburtstag und bin nun 7 Jahre alt. Auf meinem Kopf bildet sich ein ganz dünner Haarflaum, nur die sehr stark bestrahlten Stellen sind noch kahl. Gestern bin ich zum erstenmal wieder eine Stunde in den Schulkindergarten gegangen und hoffe, im Herbst in die Schule zu kommen, in die erste Klasse zu Frau N. Frau K., die hier seit kurzem unterrichtet, wird sich freuen, einem weiteren Martens das Lesen und Schreiben beizubringen, denn sie war in der Schule Uferstrasse, die später zu einer Berufsschule umfunktioniert wurde, Franks Klassenlehrerin. Papi war dort im Elternrat und hat an den vielen Aktivitäten mitgewirkt, Floh-

markt, Tanzabende, Schulfeste mit Musik und Theater und das Aufräumen am nächsten Morgen war genau so lustig wie das eigentliche Fest, da schmierte Frau K. Brote und so ganz nebenbei brachte sie den mithelfenden Eltern ein bisschen Mengenlehre bei. Im Herbst komme ich wirklich in die Schule, zu Frau N., die mich dann, meiner Krankheit angemessen, sehr einfühlsam, ruhig und mütterlich die nächsten Jahre begleitet hat.

Alle sind nett zu mir, sehr rücksichtsvoll und ich merke es. Einerseits finde ich die Rücksichtnahme wohltuend, anderseits möchte ich wie die anderen sein. Ich weiß, die Operation war schwer, danach die lange grausame Bestrahlung, und dann die vielen giftigen Medikamente, von deren Nebenwirkungen ich mich nur ganz langsam erhole. Das Schlimme ist, ich weiß wo und was meine Schwächen sind darum bin ich oft ungeduldig, verzweifelt und traurig. Ich bemühe mich, vielleicht mehr als alle anderen, aber da ist in meinem Kopf etwas zerstört, kaputtgestrahlt, jetzt zeigen sich die Nebenwirkungen, das Gleichgewicht ist gestört, alle Reaktionen verlangsamt und das Gedächtnis hat keinen Speicher mehr, keinen Speicher mehr der heilt . Ich muss zum Beispiel jedes mal wieder neu lernen, meine Tasse auf dem Frühstückstisch zu greifen, in dem ich sie mit den Augen lokalisiere, dann meinen Arm ausstrecke und auf der Augenstraße meine Hand zur Tasse führe, die Tasse greife und unsicher zum Munde führe, und wenn ich einigen Minuten später wieder trinken möchte beginnt der ganze Prozess von neuem. Ich muss alles, aber auch alles jeden Tag wieder neu lernen, denn mein Speicher für diese Dinge im Gehirn ist durch die Krankheit, aber wohl in erster Linie durch die Bestrahlung, stark beeinträchtigt. Ich werde alles neu lernen müssen und darum üben, üben, üben, denn ich will so sein wie die anderen Kinder, wie die Mädchen in meinem Alter. Oft weine ich und bin sehr traurig, dann gibt es nur meine Mami, die hilft, sie versteht mich, doch manchmal schreie ich sie aus Verzweiflung an,  sie hat nie zurückgeschrieen, hat mich dann gestreichelt, getröstet  und in die Arme genommen. Sie hat mich geliebt, sie wird mich lieben, ganz doll, noch doller und immer fort, das weiß ich. Ohne Mami hätte ich nicht leben können, damals im Krankenhaus und dann die Zeit danach mit schlimmen Schmerzen, jetzt das Erbringen von Leistung und das Abverlangen von Kraft, die ich gar nicht habe.

Es ist nicht einfach in dieser leistungsorientierten Welt anders zu sein, doch ganz allmählich begreifen es auch die anderen, das ich vorran komme, langsam vorran komme, aber mit jedem Tag wird es besser. Papi lobt auch mal kleinste Fortschritte, doch seine Forderungen sind sehr hoch gesteckt und wenn ich sie nicht erfülle ist er traurig und dann bin ich wieder traurig. Du Papi, ich möchte so gern, schon allein dir zuliebe möchte ich alles richtig machen, doch noch bring ich es nicht, aber ich will weiter üben. Frank hat mir die richtige Schreibweise für das S in meinem Namen beigebracht, früher habe ich es immer falsch herum geschrieben. Meine Bilder, die ich jetzt male, sind klein und ohne Farbe, unten ein Haus, daneben eine Blume und oben eine Wolke, der Rest bleibt leer, bleibt weiß, dafür malt Papi meine Bilder farbig und schön und ich signiere sie, Bilder für die Omas, für Opa, für Tante Friedel und Tante Else. Für Dr. M. und Frau Erhorn male ich die Bilder selber, die freuen sich über meine Bilder. Früher, als ich noch gesund war, habe ich einen Malwettbewerb mitgemacht und einen Preis gewonnen, ich habe ein Weihnachtsbild mit schönen, kraftvollen Farben gemalt. Bei der Preisverleihung saßen wir in einem großen Saal hoch über der Alster am Jungfernstieg. Mein Name wurde durch ein Mikrofon angesagt und ich musste nach vorn kommen um meinen Preis in Empfang zu nehmen.

Freitags fahren wir jetzt regelmäßig nach Zecher, hier atme ich auf, bin weit weg von Pflichten und Druck, alle sind in Wochenendstimmung und das tut gut, es wird gespielt und gelacht, wir gehen über den Werder durch den Wald und über die Wiesen, da finden wir immer etwas, dass man essen, oder eben nur gebrauchen kann. Die Luft, die ganze Atmosphäre hier trägt zu meiner Heilung bei. Ich mag Zecher. Mami und ich wollen in den Sommerferien an die See, Papi und Frank planen eine Städtetour, das Einigen dauert Tage, aber dann ist der Plan doch zu aller Zufriedenheit fertig, einige Tage Paris, dann an der Loire entlang, an den Atlantik. Wir waren noch nie so weit im Westen, und dieses Ziel kommt uns so unendlich weit vor. Um 18 Uhr geht die Reise los und um 19 Uhr baden wir schon im Grundbergsee an einer Raststätte Richtung Bremen. Mami ist sauer, sie will nach Paris und nicht schon kurz hinter den Elbbrücken Rast machen, baden, Frikadellen essen und durch den Wald joggen. Hinter Münster wird es dunkel und nun wird die hintere Sitzbank heruntergeklappt und Koffer und Decken so verteilt das sie eine Ebene ergeben, wo ich und Frank sich hinlegen können. Ich schlafe gleich ein, doch Frank schaut aus dem Fenster und liest die Autobahnschilder, Aachen, die Grenze nach Belgien, jetzt schläft auch Frank und bemerkt nicht den Übergang nach Frankreich, morgens um 5 Uhr, kurz vor Paris, machen wir an der Raststätte Relais International halt und frühstücken zum erstenmal in Frankreich, Croissant, Marmelade, Butter, und eine Riesentasse Kaffee mit viel Milch, ich trinke Kakao. Wir sind sehr aufgeregt und gar nicht müde. Paris ist groß, sehr groß und wir verfahren uns einige Male und sind erst um 10 Uhr am Hotel, Central Hotel in der rue chateau d´eau, Ecke boulevard de Straßbourg. 4 Tage bleiben wir hier in Paris und sind von morgens bis abends unterwegs, Sacre Coeure, durch Montmartre gebummelt, dem Louvre einen Besuch abgestattet, wir haben den Skatebordfahrern unterm Eiffelturm zugeschaut, einen Chor in der Kirche Nortre Dame gehört, das war wunderbar. Wir sind mit der Metro gefahren und gesagt, hier nach Paris kommen wir bestimmt einmal wieder, zweimal war ich noch mal hier, da war ich sogar ein bisschen mit zwei

Pariser Mädchen befreundet. Auf dem Weg an den Atlantik fuhren wir über Tours, Cholet, mal auf der einen und dann wieder auf der anderen Seite der Loire.

## St. Gilles Croix de Vie

An der Loire, diesem reizvollen Fluss, hätten wir unseren ganzen Urlaub verbringen können, aber die Reise geht weiter bis St. Gilles Croix de Vie, wo wir eine kleine Wohnung mitten im Ort mieten. Ein schöner Urlaub beginnt. Ich habe die Fahrt gut überstanden und als wir das erste Mal am Ozean stehen, bin ich es, die sich von einer eher kleinen Welle bis zum Bauch umspülen lässt. Draußen auf dem Meer riesige Wellen und Gischt bis hinauf zu den Dünen, ein Atlantik bis Amerika und Strand so weit das Auge reicht, so ähnlich wie auf Sylt, nur viel gewaltiger. Die Vie die hier ins Meer mündet, ist genau vor unserem Haus zu einem großen Hafen ausgebaut, an dessen Mole unzählige Angler stehen und die vielen kleinen Fischerboote, aber auch die großen Jachten, sind so befestigt, das sie das gewaltige auf und nieder der Tide, dank ihrer Springanbindung, problemlos mitmachen. Dreimal in der Woche ist Wochenmarkt, dann bauen eine Bäckersfrau und ein Gemüsebauer direkt vor unserer Haustür ihren Stand auf. Um dann auf die Straße zu kommen müssen wir über ihre Stände gehen und bekommen für die kleine Unbequemlichkeit einen kleinen Korb mit frischem Gemüse, Obst und ein großes Kuchenbrot. Auf einmal höre ich deutsche Worte von einer Frau, die mit zwei kleinen Mädchen spricht. Nach einer Weile sprechen wir die Drei an und stellen uns als Hamburger vor, die Freude ist groß, denn in diesem Ort haben wir weder ein deutsches Auto noch deutsche Touristen gesehen. Wir verabreden uns für den nächsten Tag an einer bestimmten Stelle am Strand. Von da an sind wir immer zusammen, Gisell ist die Mama, eine Hamburgerin, Christ, der Papa, ist aus Paris und Miriam und Natalie sind ihre Kinder und können ein wenig deutsch. Eine schöne Zeit beginnt, meine Behinderung wird so akzeptiert wie sie ist, sie haben mich wegen meiner Nöte nicht belächelt, nicht bemitleidet. Wir spielen Hinkefuß, im seichten Wasser, Ringel Reigen, baden und sind lustig, ich singe, tanze und ich lache aus vollem Herzen, hier wurde die Harmonie, die Lebensfreude, wieder neu geboren. Die Konversation mit Christ ist am schwersten, denn er kann kein Wort Deutsch, aber wir haben uns doch sehr gut verständigt, bei dem Beispiel, fährt man lieber auf der linken oder rechten Seite der Loire nach Hause, wurde der Zuckersand beiseite geschoben  und der feuchte Sand glatt geklopft, jetzt bekam jeder ein Stöckchen und dann ging die Malerei los, so entstand zuerst der Fluss, dann die Burgen und Schlösser, die vielen Brücken und  viele weitere Sehenswürdigkeiten. Wir haben von diesen gemalten Gesprächen auf unserer Rückreise sehr viel profitiert.

Auf der Promenade steht ein Zuckerbäcker und macht handgemachte Lollis, jeden Nachmittag gehen wir zum Lollimacher und bekommen nach eigenem Farbwunsch ein kleines Kunstwerk zum Lutschen. Einmal wollten wir uns selber Lollis machen, alle Zutaten waren da, der Fotoapparat lag schussbereit, nur Lollis sind es nie geworden. Am Abend sind wir bei Gisell und Christ eingeladen, an einer langen Tafel im Garten ihrer Ferienwohnung werden für unseren Geschmack nur Köstlichkeiten aufgetragen, für die Franzosen alles ganz normal, vorweg eine Fischsuppe, für die Erwachsenen jeder ein halbes Dutzend Austern, dazu ein knalltrockener Wein, wie Papi immer sagt, Baguette, gegrillter Tunfisch und Käse, Leberpastete und  hinterher Kuchen und Espresso. Erst weit nach Mitternacht sind wir wieder in unserer Ferienwohnung eingetrudelt.

Vier Wochen sind schnell vergangen und danach beginnt der Ernst des Lebens. Ich komme in die Schule. Schule wird für mich nicht nur Freude und Spaß, sondern auch Traurigkeit, Verzweiflung und tiefe Trostlosigkeit sein, aber sie nimmt im Nachherein gesehen den wichtigsten Abschnitt in meinem Leben ein, nicht die Schule, sondern meine Lehrerin ist es, die durch ihr Verständnis, meine Leistungen, die zwar unter der üblichen Norm liegen, für mich aber Hochleistung bedeuten, anerkennt und oftmals lobt. Es entsteht ein freundschaftliches Verhältnis und lässt Raum frei, mich auf das Wesentliche zu konzentrieren, zu leben, stolz zu sein, Freude zu empfinden und für andere da zu sein, eine immer größer werdende Lebensqualität. Ich habe fast täglich Schmerzen, nicht so schlimm wie die dumpfen Schmerzen mitten hinter der Stirn, aber wir haben Tabletten, Tropfen und Zäpfchen und manchmal hilft schon eine halbe Tablette oder ich lege mich hin und schlafe meistens ein, danach geht es mir wieder besser. Tausend Ratschläge werden uns zugetragen, groteske und sehr bedenkliche, Petroleum trinken, homöopathische Mittel, in München gibt es einen Mann, der heilt Krebs mit Besprechen, in Gießen gibt es die besseren Ärzte, fast täglich bekommen wir neue Ratschläge, gut gemeint von Menschen, die ebenso wie wir nach jedem Strohhalm greifen. Zwei Jahre kommen wir nun schon ins UKE und die Ärzte freuen sich über jeden Besuch ohne größere Komplikationen, meine immer währenden Kopfschmerzen nehmen sie nicht sehr ernst. Sie tasten die Narben ab, fühlen vorsichtig über den Hautabschnitt, der eine runde Öffnung im Schädelknochen am Hinterkopf bedeckt. Alle kennen mich und ich kenne viele Ärzte, sehr viele Schwestern aber auch sehr viele Kinder, die das gleiche Schicksal haben wie ich. Das Wort Krebs fällt hier nie, für mich sind die Gespräche zwischen den Professoren, Ärzten und auch den Schwestern alle unverständlich, nur wenn sie mit mir sprechen ist es richtig freundschaftlich, und sie wollen alles wissen, gehst du richtig zur Schule, hast du eine Freundin, kannst du wieder Radfahren und, und, und ich kann immer mit ja antworten, kann ich, ja, mach ich, und dann freuen sie sich aufrichtig.

Den Radiologen sollen wir besuchen, er hätte gehört, dass ich zur Schule gehe und wieder radfahren kann, wir haben ihn erst viel später besucht, tief unten in dem Keller, wo mein Kopf so unendliche Qualen durch die Bestrahlung erleiden musste. Radfahren habe ich in Zecher wieder gelernt, vor meiner Krankheit konnte ich schon fast ein Jahr ohne Stützräder fahren, nun musste ich es neu lernen, es war sehr schwer, meine Kraft ist begrenzt, mein Gleichgewicht gestört und Papi hat nicht mehr die gleiche Geduld wie das erstemal. Da wurde schon einmal geschimpft und das Üben übertrieben. Immer noch einmal den Weg entlang, ich musste lernen, zwei Dinge zur gleichen Zeit zu machen, lenken und treten, aber auch nach vorn schauen, wo ich doch lieber auf meine Füße geschaut hätte, um diese richtig zu bewegen. Es dauerte lange, aber ich habe es geschafft. Ich bin stolz darauf, ja, ich bin sehr Stolz darauf, so viele Dinge wieder erfolgreich zu erlernen, denn ich habe zwei Jahre verloren, die ich jetzt aufholen muss, nicht nur das Versäumte, nein, auch noch das Neue, das Aktuelle, zu erlernen, um die vorgegebene Norm eines 8jährigen Mädchens zu erfüllen. Mit viel Geduld, mäßigen Forderungen und sehr viel Zeit von Seiten meiner Lehrerin habe ich es trotz meiner Behinderung geschafft, gute Ergebnisse zu erzielen. Meine wohl angeborene soziale Einstellung kommt in der Klasse gut an und ist eine Bereicherung. Ich kann gut trösten und immer wird der Schwächere ein bisschen bevorzugt. Trotzdem können einige sehr gemein sein, dann wird Glatzkopf zu mir gesagt, oder der wohl in jedem Menschen steckende Neid, für wenig Leistung viel Anerkennung zu bekommen, durch Verbalinjurien zum Ausdruck gebracht. Oft bin ich traurig, aber nie verzweifelt, ich bin innerlich gefestigt, weil ich den Glauben habe, eines Tages das jetzt Durchlebte hinter mich zu lassen und in ein normales Leben aufgenommen zu werden.

# 8 Jahre alt

Mein 8. Geburtstag war ein großes Fest unten im Garten, alle waren da, fast meine ganze Klasse, die Nachbarskinder Omas, Opa, Tanten und alle haben mitgefeiert, gelacht und wir Kinder haben getanzt, die Jungs natürlich nicht, es war mein schönster Geburtstag. Henri war auch da, mein richtiger Freund, ein Jahr älter, er mochte mich und ich war ein bisschen in ihn verliebt, er konnte mich immer zum Lachen bringen. Heute war er der Clown und balancierte mit einem Schirm über einen Baumstamm, der hier im Garten lag, wackelte und drohte herunterzufallen und freute sich, dass ich vor Angst aufschrie, dann verbeugte er sich ganz tief in meine Richtung, ganz für mich, ich habe ihn so sehr gemocht. Am Ende musste Papi sie alle nach Hause fahren, mehrmals musste er mit dem Auto los und unterwegs hat er Kurven gefahren und ordentlich geschaukelt, da haben wir geschrieen, gelacht und Angst vorgetäuscht und Papi musste noch einmal kurvend das Auto schaukeln, vor den Wohnungen wollte keiner aussteigen und so wurde noch eine und noch eine Runde gedreht, wir haben dann die Fenster heruntergekurbelt und ganz laut gesungen. Es war so schön, dass ich noch lange an diesen Geburtstag zurück gedacht habe. Im Juli machen wir Urlaub in Südfrankreich und fahren wie alle Jahre davor spätabends los und sind schon am frühen Morgen weit hinter Muhlhouse, aber erst auf der Autobahn Paris - Marseille machen wir eine größere Rast, da werden die Decken und Schlafsäcke am Parkplatzrand ausgebreitet und legen uns darauf, um ein wenig zu schlafen. Nur ich kann nicht einschlafen, denn die ganze Nacht habe ich hinten im Auto geruht und sogar ganze Strecken richtig fest geschlafen, so spaziere ich bis zum Häuschen, das exponiert auf einer Anhöhe steht, es ist die Toilette. Durch die offene Tür sehe ich ein Loch im Boden und an der Wand zwei Haltegriffe, ganz anders als bei uns, ich aber gehe lieber in die Büsche. Mein

Weg zurück führt an einem kleinen Springbrunnen vorbei, an einer Gruppe Kinder, die sich auf französisch unterhalten und ich sie nicht verstehen kann. Mittags erreichen wir Vallon an der Ardeché und bewundern das herrliche Panorama, den Felsen, der wie ein Torbogen den Fluss überspannt und die vielen bunten Kajaks, die teilweise mit dem Strom, aber auch gegen die schnell dahinfließende Ardeché gepaddelt werden und alles duftet nach Lavendel, Salbei und vielen anderen Kräutern. Wir fahren immer am Rande des Canons bis zur Mündung und weiter über Nimes, Montpellier bis Seté, wo wir zum erstenmal das Mittelmeer sehen und auch gleich in das warme Wasser springen, doch bleiben wollen wir hier nicht, denn die vielen Schornsteine und Wolkenkratzer in der näheren Umgebung entsprechen nicht unseren Vorstellungen von einem mediterranen Urlaub. Eine Stunde später haben wir unseren Ort entdeckt, Ein paar Geschäfte für Mami, ein Surfbrett-Verleih für Frank und auf dem Markt ein Weinbauer mit knalltrockenem Rotwein für Papi, alles Gründe zu bleiben.

Wir mieten eine Wohnung direkt am Meer und genießen acht Tage Südfrankreich, dann geht es weiter nach Spanien, aber hier gnadenlose Hitze, kein Quartier, keine Wohnung zu mieten, kein Hotel ist frei. Wir fahren an der Küste entlang und sehen die Schönheit nicht. Das Auto tuckert wie ein Trecker, der Kettenspanner an der Getriebekette ist defekt, wir haben Hunger, wir haben kein Geld, wir haben keine Peseta, Papi flippt aus, er schreit, es ist alles aus, wir werden Hamburg nie wieder sehen, er ist total fertig. Ich tröste ihn, Mami und Frank verulken ihn und ich weine, bin verzweifelt, weil Papi verzweifelt ist. Wir schlafen in dieser Nacht in einem Zelt und hoffen auf einen besseren nächsten Tag und so war es auch.

Nach dem Frühstück in einem Restaurant mit Wechselstube sieht die Welt auch für Papi wieder rosig aus, aber wir bleiben nur wenige Tage, denn dieses Spanien gefällt uns nicht, oder besser gesagt der Massentourismus hier im Norden. Den Stierkampf, den wir uns in Barcelona anschauen wollten, haben wir in Frankreich nachgeholt, Torro Picine, eher eine Stierbelustigung, denn der Stier hat Angst vor Wasser, und immer wenn es für den Torero brenzlig wurde, lief er in ein in der Mitte aufgestelltes Wasserbecken und ich habe gelacht, Frank war sauer, er wollte Blut sehen. Wir bleiben noch eine Weile am Fuß der Pyrenäen in Ageles sur Mer und genießen wunderbare Urlaubstage.

Zu Hause ist alles anders, es läuft wieder seinen gewohnten Gang, Papi geht zur Arbeit, Frank und ich in die Schule, oft sitze ich in meinem Zimmer und spiele mit Nora, Nora ist mein Kind und ich ihre Puppenmama, dann mache ich die Stubentür zu und unterhalte mich mit Nora, ihr erzähle ich alles, vom Stress in der Schule, meinen Kummer, meine Sorgen, aber auch vom lieben Gott, ich glaube an ihn, denn Pastor Bruhns hat uns viele Geschichten so erzählt, als wären sie wahr und Nora erzähle ich diese Geschichte wieder und sie glaubt auch an Gott. Vom Sterben reden wir nicht, der Tod ist für mich und Nora kein Thema, nur einmal als Opa Walter starb, da war ich sehr, sehr traurig, denn er war mein Freund und nun ist er nicht mehr da, ich werde ihn nie vergessen. Weihnachten in der Kirche, unter dem Kreuz mit Jesus, habe ich gekniet und ohne Angst meine Weihnachtsgeschichte vorgetragen.

Ich glaube an Jesus, ich glaube, dass Gott mich behütet, aber schon Tage später, als er mich trösten sollte, war Gott nicht mehr da. Da war kein Gott im Krankenhaus und keiner, der von Gott erzählte, vielleicht gibt es für diesen Zustand keine Geschichten, ich hätte sie jetzt in den endlosen Nächten, Tagen, Wochen und Monaten so gut gebrauchen können, ich habe nie wieder an Gott gedacht, oder doch, zuletzt, wo Mami und Papi da waren, aber wir uns nicht mehr erreichten, wo eine Ohnmacht mich umfing. Wo die Schmerzen keine Schmerzen mehr waren, wo das Hinübergleiten begann, war Gott vielleicht doch da, ich kann es nicht mehr sagen. Die seit vier Jahren ständig weniger werdenden Schmerzen nehmen wieder zu. Auf Bornholm die ersten Anzeichen in Form von starken Kopfschmerzen, ständiges Übergeben, wir fahren nach Hause und von nun an gibt es keinen Tag mehr ohne diese wahnsinnigen Schmerzen, die im Krankenhaus auch nur durch stärkste Medikamente erträglicher werden, ich liege die meiste Zeit im Bett, das kann ich auch zu Hause in meiner vertrauten Welt. August, September, Oktober, bei Tag und Nacht Schmerzen. Heiligabend  fahren wir nach Zecher und ich merke nicht mehr wie schön es hier ist. Zecher verliert die heilende Kraft und das erschrickt mich, auch hier ist alles nur noch Schmerz. Nur von weitem sehe ich noch einmal den zugefrorenen Schaalsee und die Eisangler an den Löchern mitten im See. Wir Fahren direkt ins UKE, es ist Silvester 1981, 15 Uhr und ich soll gleich dableiben, denn die Computertomographie zeigt stark erweiterte Ventrikel und dadurch zunehmenden Liquordruck. Ich weine, meine Mami ist nicht da, wir waren darauf nicht vorbereitet. Papi berät sich mit Frau Doktor M., die wiederum berät sich am Telefon mit ihren Kollegen. Papis Bitten und Betteln hat geholfen, noch einmal nach Hause, ausgerüstet mit einer großen Menge Fortekortin, von der ich schon im Krankenhaus eine große Dosis einnehme. Schon auf dem Heimweg lässt der Druck nach und wir fahren zu Waltraut und Klaus, wie viele Jahre zuvor in der Dramburg Silvester zu feiern. Klaus ist Papis richtiger Freund seit 25 Jahren. Ich lege mich aufs Sofa und werde kurz vor 24 Uhr geweckt, die Frauen haben schon die Gardinen zur Seite geschoben und sitzen hinter der großen Fensterscheibe und sehen den Böllern, Fröschen, Feuerregen und Raketen zu, hübsch und laut. Im vorigen Jahr hat Papi eine Rakete ins Gesicht bekommen, das hat sehr stark geblutet, haben aber die Männer gleich auf der Straße verarztet, und das Jahr davor hat Frank sich die Hand verbrannt, weil er statt den Böller fortzuschmeißen, das Feuerzeug in die Luft warf und den Böller in der Hand behielt. In diesem Jahr wurde in der Nacht im Nebenhaus eingebrochen und die Männer haben die Polizei geholt und gleich Tatort mitgespielt, das war für alle sehr aufregend, nur ich habe geschlafen.

Am 2. Januar fahren wir ins Krankenhaus und ich bleibe bis Mittwoch, doch dann möchte ich wieder nach Hause, aber schon am nächsten Montag fahren wir schon morgens wieder ins UKE und jetzt möchte ich bleiben, wir wollen dableiben. Ich komme auf Kinder III zu Herrn Prof. Dr. Sch. Das hier ist seine Privatstation und er ist auch noch Chef der Pädiatrie des UKE. Untersuchungen, Besprechungen und wieder Untersuchungen, ich ahne Schlimmes und habe so große Angst wie ich sie noch nie hatte, und es kommt noch schlimmer, die Betäubungsspritzen sind zu schwach, denn meine Angst ist größer als die Pharmaka, ich habe die schwere Kopfperation bei vollem Bewusstsein miterlebt, ich habe nur das verwaschene Grün der Kittel mit Rot verwechselt, oder war das mein Blut. Ich könnte Details während der OP beschreiben. Später wieder in meinem Zimmer habe ich es den Anwesenden erzählt und Papi ist ganz weiß geworden. Mein Herz raste und ich habe am ganzen Körper gezittert, meine Augen wurden ganz starr. Alle schrieen durcheinander, nur Dr. B handelte und gab einer Schwester Anweisung, mir eine Spritze mit Valium zu geben. Ich schlafe ein. Noch einmal werde ich operiert, das eingesetzte Ventil ist defekt und muss erneuert werden. Dr. G. ist so optimistisch, dass er sogar das äußerlich sichtbare Ventil nach Innen verlegt. Nun glauben wir alle, es ist überstanden, Papi glaubt fest daran und schmiedet Pläne, dein Zimmer bekommt eine neue Lampe und auch in Zecher bauen wir einiges um. Sylvi und Rose müssen noch lange hier im Krankenhaus bleiben, sie haben Magersucht, Sylvi ist nun schon 6 Monate hier in diesem Zimmer und muss noch lange bleiben, natürlich haben die beiden Mädchen es sich häuslich eingerichtet, Fernseher,

Blumentöpfe und leider, wie sie sagen, auch Schulbücher. Auch in meiner Ecke sieht es etwas privat aus. 32 Briefe aus meiner Klasse hängen an der Wand, jeden der Briefe habe ich bestimmt 10 mal durchgelesen und mich über den Inhalt so ganz doll gefreut, alle sind beantwortet, ich habe diktiert und Papi oder Mami haben die vielen Briefe geschrieben und verschickt. Bald werde ich wiederkommen und bei euch sein, ich erhole mich langsam und kann wieder gehen, am 27. Januar werde ich entlassen. Das Auto ist voll mit Geschenken, nicht nur die ins Krankenhaus kamen, nein, auch so viele aus der Station, alle haben mir etwas mitgegeben, Kassetten, Bücher, Blumen, Spiele und Pinocchio, eine Marionette. Ich habe einen Verband um den Kopf und muss viel liegen und habe immer wieder wahnsinnige Schmerzen.

Am Wochenende wollen wir nach Zecher, ich will und will auch nicht, wir fahren. Wir gehen in die Wohnung, aber machen gar kein Feuer. In meinem Zimmer lege ich mich noch einmal auf mein Bett lege meine Zecherpuppen daneben, decke sie ordentlich zu und streichle jede einzelne. Wir gehen zu Rats und fahren zur Familie Sommer, Peter macht mir Mut und wünscht, dass ich bald die Kondition vom letzten Jahr wieder habe, als ich allein im Skilift hing und dann den Lattemare in Schuss abfuhr. Meine Gedanken sind aber woanders, ich nehme Abschied von Zecher, Abschied für immer, Abschied von Ulf, der so stark ist und an die Jahre wo wir zusammen gespielt haben und ich bei seinen Eltern und Ulf bei uns geschlafen hat. Ich sehe ihn noch mit seinem Bettzeug über den Hof kommen. Es war so schön hier, ich war so gern hier in Zecher. Ich denke an Dieter, der mit 17 Jahren einen tödlichen Motorradunfall hatte, an Friederike, meine Zecher-Freundin, an den Kuhstall und das Melken der Kühe auf fernen Wiesen. Ich denke an die Piaf, unsere Segeljolle, an den Ententempel, hier haben Ulf, Claus und ich beim Renovieren unsere Namen in den Zement geritzt, Sandra steht da, Sandra. Wir gehen wieder in das Krankenhaus und ich lege mich gleich hin und bin nie wieder aufgestanden. Nie wieder habe ich meinen Kopf gehoben, starke Medikamente haben meine Schmerzen genommen, dosiert von den Ärzten unter ständiger Kontrolle meiner Mami, denn ich kann nicht mehr sprechen, nur meine linke Hand kann ich noch bewegen. Einen Finger anheben bedeutet leichte Schmerzen und fünf zeige ich bei starken Schmerzen an. Diese Kommunikation können wir noch einige Tage aufrechterhalten. Alle wussten es, nur Papi wollte es nicht glauben und hat sich hinter seinen Hoffnungen verschanzt, Dr. B. bringt es Papi bei, Rezidiv. Warum, warum. Obwohl eine Sekunde tausend Jahre sind und eine Nacht eine Ewigkeit, geht alles sehr schnell. Sondiert, ein Schlauch durch die Nase in den Magen, Lähmung. Die Augen sind geschlossen, Windeln, nur der Magen rebelliert weiter bis zum letzten Tag. Absauggerät, andere, immer stärkere Medikamente, Mami ist immer da, sie hat eine Liege neben meinem Bett und abends kommt Papi. Sie sind alle da, ganz leise sind sie, Schwester Undin, Marie, Dr. B., Prof. Sch., Pro. W., Dr. G., Dr. A., Prof. B., Frau Groß, Sylvi und Gabi, Frau Gerhard und Schwester Christell. Ganz leise ist es, selbst auf dem Flur ist es leise. Dann, alle gehen nur, Dr. B. und Schwester Udin bleiben. Papi ist da. Mami sitzt auf dem Stuhl neben meinem Bett, Mami, Mami hilf mir, Mami, wir sind so dicht und doch so weit. So unendlich weit. Sandra ist für immer eingeschlafen, unter den gefalteten Händen liegt ihr Pandabär.

## Vor 25 Jahren

Nach ihrem Tod vor 25 Jahren war ich ihr noch nie so nahe wie jetzt an diesem heißen Sommertag, hier auf dem Melkweg. Dieser Ort, dieser Raum, der sich bei dem einen und anderen auch nicht nach tausendfacher Anstrengung auftut, öffnet sich mir. Ich bin bei ihr, ich bin da, wo noch niemand war und empfinde eine zunehmende Kraft in mir, ein neues Denkvermögen, das ich aber im Moment noch nicht begreifen kann. Ich werde plötzlich durch laute Geräusche aus dieser neuen, meiner neuen Gedankenwelt, gerissen, denn in der Ferne höre ich einen Trecker, er kommt schnell näher. Ich richte mich auf und schaue auf mein abgelegtes Rad, es liegt mitten auf der Grasnarbe zwischen den beiden sandigen Fahrspuren. Mein erster Gedanke ist, aufstehen und das Rad zur Seite schieben, aber ich möchte noch einmal zurückkehren, zu dem eben Erlebten. Es war so schön bei meiner Tochter zu sein und so schicke ich einen Gedanken zu dem Fahrer in der Fahrerkabine und schlage ihm vor, er soll einen anderen Weg nehmen, denn ich will hier liegen bleiben. Alles spontan gedacht, ohne Druck, kein Befehl, eher eine Bitte. Ich sehe eine kleine dunkle Rauchwolke aus dem einem Schornstein ähnlichen Auspuff aufsteigen, das Geräusch verändert sich und der Trecker, jetzt sehe ich es, hat einen Anhänger, wendet auf diesem schmalen Feldweg. Dabei kommen die linken Räder auf das Kornfeld und walzen die Halme in einem großen Rund flach. Ich bin verwirrt, so wollte ich es nicht, aber es waren meine Gedanken.

Erschreckt stehe ich auf, schaue mich um, alles scheint normal. Ich ziehe meine Hose hoch, die jedes Mal beim Sitzen von den Hüften rutscht. Schüttle den Sand aus meinen Sandalen, schaue auf das Fahrrad, das in einiger Entfernung auf dem Stückchen Gras zwischen den beiden sandigen Fahrspuren liegt. Langsam gehe auf mein Rad zu, hebe es auf und wende es in Richtung Straße, gehe um das Fahrrad herum, so dass es rechts von mir steht, denn ich kann nur von der linken Seite aufsteigen. Schiebe es aber doch noch bis zu der Stelle wo der Weg, besser gesagt die Grasnarbe, fest ist, und steige auf. Noch in der Ferne höre ich den Trecker tuckern, dieses Geräusch werde ich nie vergessen. Bis zur Straße sind es noch 100 Meter und ich muss mich sehr konzentrieren, denn das letzte Stückchen Weg ist sehr sandig. Ich will noch nicht zurück zu meinem Wagen und so fahre ich statt links nach rechts, den kleinen Hügel hinauf in Richtung Klein-Zecher. Oben angekommen habe ich einen herrlichen Blick über eine hügelige Landschaft. Mein Blick geht über Rapsfelder, Wiesen und Kornfelder. Links ein kleiner Wald und in der Ferne kann man die ersten Häuser von Klein-Zecher sehen. Am Ortsschild mache ich kehrt und lese auf der Rückseite 3 Kilometer bis Groß-Zecher. Auf dem Rückweg zu meinem Auto habe ich den Trecker vergessen und mein Kopf ist ganz frei, keine Erinnerung an das eben erlebte Phänomen. Ich hebe das Rad auf den Fahrradgepäckträger, schraube die Haltestütze an den Fahrradrahmen und binde das Vorderrad und Hinterrad mit einem Spanngummi fest. Nun gehe ich noch ein Stück in Richtung Werder am See entlang. Hier pflücke ich auf einer Wildwiese einige Blumen, die schnell zu einem dicken, bunten Wiesenstrauß sich vergrößern. Genau wie so oft, damals vor 25 Jahren. Mit diesem Strauß im Arm schlendere ich langsam zu meinem Auto zurück. Den Strauß stecke ich in eine Plastiktüte, die ich vorher mit etwas Wasser aus der im Kofferraum befindlichen Trinkflasche befeuchtet habe, in der Hoffnung, der Strauß überlebt die Hitze und wird bis Hamburg nicht welken.

Für die Rücktour nehme ich die Strecke über Güstrow. Vor der Brücke über den Elbe-Lübeck-Kanal halte ich an und schaue auf das Wasser, von rechts nähert sich ein Schleppkahn. Ein Gedanke, ganz plötzlich, ein intuitives Denken, ohne mein direktes Zutun, wie im Unterbewusstsein, eine Art Bitte ist schon auf dem Weg zum Flussschiffer, er möge doch mal ein Signal geben. Aus dem Horn ertönen drei lange Huptöne, laut, sehr laut, ich erschrecke. Einmal der Lautstärke wegen und zum zweiten, habe ich es so denkend gewollt oder war es mit dem Trecker und dem Signalhorn nur ein Zufall, immerhin ist hier eine Brücke und warum soll auf dem Melkweg ein Landwirt nicht mal spontan einen anderen Weg wählen und ein Schiffer vor einer Brücke auf sich aufmerksam machen. Mitten auf der neuen, von zwei riesigen Stahlbogen getragenen Brücke halte ich an und kann mich noch an das Holpern und Rumpeln der alten, lose verlegten Bohlen vor 25 Jahren erinnern. Unter der neuen nun asphaltierten Stahlbrücke höre ich den Schleppkahn in Richtung Büchen tuckern. Es war kein Befehl, nur ein sehr intensives Denken, nur ein Bündeln der Gedanken. Das ist es, nur denken und dem Denken eine Richtung geben.

Der letzte Parkplatz vor Hamburg ist angezeigt, noch drei Kilometer. Ich gehe mit der Geschwindigkeit runter, setze den rechten Blinker, der wieder unheimliche Geräusche macht, und fahre raus, parke den Wagen vor dem Toilettenhäuschen, stelle den Motor ab und steige aus. Kein Herzrasen, keine Schweißausbrüche. Nachdenklich gehe auf dem Parkgelände hin und her, an den vielen parkenden Lastern vorbei zu den Haltebuchten der Pkw. An den Holztischen, die für ein kleines Picknick einladen, bleibe ich stehen. Eine Taube sitzt auf einem der vorderen Tische und pickt die Krumen der letzten Benutzer vom Tisch. In diesem Augenblick habe ich eine Idee: Die Taube immer noch im Blickwinkel gehe ich zum Auto hole aus dem Handschuhfach ein Paket Kekse, die sich dort immer als Notration befinden und nehme einen Keks aus der Packung und zerdrückte ihn in der Hand. Nun halte ich meine ausgestreckte Hand der Taube entgegen. Die Taube reagierte nicht, sie schaute nicht einmal her. Jetzt lasse ich meine Gedanken über die Grasfläche, an den anderen Tischen vorbei, zu dem Tisch mit der Taube gleiten. Es waren noch keine fünf Sekunden vergangen, da merkte ich schon einen Pieks in der Handfläche, einen weiteren und noch einen. Ich war so erschrocken, dass ich meinen ausgestreckten Arm sinken lasse und die Krumen fallen zu Boden. Nur noch den sich entfernenden Flügelschlag höre ich und dieses Geräusch erinnert mich an Venedig, wenn auf dem Markusplatz ein Kind hinter den Tauben herlief und sie verscheuchte. Noch eine ganze Weile stand ich da und schaute der Taube nach, die sich auf einen Baum nieder ließ und ich konnte das vertraute Gurren meiner oder auch der anderen Tauben hören.

Es war spät geworden und nun musste ich mich zu Hause einmal melden. Während ich telefonierte wusste ich, dass etwas Außergewöhnliches geschehen war. Ich bin zwar auf dem Rückweg, sagte ich am Telefon, werde aber noch am Wochenendhaus vorbeifahren und die Blumen gießen, ein erfrischendes Bad im Stölpchensee nehmen und mich dann noch einmal telefonisch melden. Es kann noch ein, zwei Stunden dauern. Ich will noch nicht nach Hause, ich will alleine sein, über das Erlebte nachdenken, es reflektieren. An der Wandsbekerchaussee bog ich nach rechts ab, nach kurzer Zeit bin ich am Stölpchensee. Der erste Gang ist hinunter zum See. Hemd und Hose aus, eine Badehose hatte ich im Sommer immer als Unterhose an, und stürze mich in das erfrischende Wasser. Die Abkühlung tut wohl. Einmal bis zur Boje und zurück, danach setzte ich mich auf die Veranda und zum erstenmal erkenne ich das Außergewöhnliche, die Möglichkeiten, die hinter dem eben Erlebten stehen. Um mich zu beruhigen lasse ich die Blicke durch den Garten schweifen, höre dem Plätschern des Brunnens zu und sehe zu meinem Erschrecken, dass fast alle Blumen die Köpfe hängen lassen. Es ist kein Wunder, denn jetzt am Abend haben wir bestimmt noch 28 Grad. Ich stelle die Wasserpumpe im See an, mache auf das Ende des Schlauches einen Gießkannenbrausekopf und beregne die schlaff herunter hängenden Blumen, auch die vielen in allen Größen beschnittenen Buchsbäume bekommen eine kleine Dusche ab. Nach einer halben Stunde habe ich einmal die Runde gemacht, die Arbeit ist getan, ich setze mich wieder auf die Terrasse und sofort ist das brisante aber auch reizvolle Thema wieder im Kopf. Ein Wunsch wird immer größer, der Wunsch, einen ganz großen Versuch zu machen. Hatte ich wirklich diese Kraft, diese Gedankenkraft und zu welchem Nutzen soll sie sein. Wird es immer funktionieren, immer positiv, oder auch mal zu meinen Ungunsten, eventuell geht sogar eine Gefahr von einem erneuten Versuch aus. Schon früher hatte ich mir so etwas gewünscht, Hellsehen, voraussagen oder andere beeinflussen zu können. Durch Gedankenübertragung einen persönlichen Nutzen ziehen, sich bereichern durch Manipulationen von Lottozahlen oder anderen Glücksspielen, aber so dachte ich in diesem Moment nicht. Das Erlebte war so neu, ungeheuerlich, so gewaltig, dass mein Denken jetzt schon euphorisch in eine ganz andere Richtung geht.

Das zu verändern, was zurzeit aktuell ist, die Dinge, die in den Medien gezeigt werden und mich tief bewegen. Kriege, hungernde Kinder, Gewalt und Unterdrückung durch Machtmissbrauch in jeder Form, durch Umweltzerstörung und Handlungsunfähigkeit der Institutionen, die das Gute wollen, aber nicht wirklich machen. Jetzt war ich festgelegt, nicht die kleinen Dinge verändern, sondern dem Schlechten auf der Welt zu einer Wende zum Guten zu verhelfen, natürlich nach meinen Vorstellungen. Auf einmal wurde mir klar, wie ungeheuerlich, wie übergroß und auch unendlich diese Aufgabe ist. Dieses Wollen muss zuerst durchdacht werden, Abstruses, mir Fremdes und die unendlich vielen ineinander greifenden Kleinigkeiten müssen zusammenpassen. Kulturelle, politische und religiöse Gegebenheiten, von denen ich noch nie gehört, gelesen oder darüber nachgedacht habe, müssen eventuell verändert werden, müssen vom Unmenschlichen befreit werden. Festgefahrene inhumane Strukturen müssen aufgerissen, neu gedacht und human wieder verankert werden. Ich, das war mir in diesem Moment schon sehr klar, konnte diese lange Liste, das große Bündel von Aufgaben nicht alleine erledigen.

In diesem Augenblick klingelt das Handy und meine Frau bat mich, schnell nach Hause zu kommen, denn das Abendbrot steht schon auf dem Tisch. Noch einmal um Aufschub zu bitten, wollte ich nun auch nicht, obwohl ein wenig Zeit

zum weiteren Denken in diesem Augenblick schön gewesen
wäre, denn so einen kleinen roten Faden konnte ich schon
erkennen. „In fünf Minuten werde ich losfahren und hoffe
im abendlichen Verkehr schnell daheim zu sein. Beim Ein-
parken irgendwo in der Wagnerstraße werde ich das Telefon
zweimal klingeln lassen.“
Dieses ist immer unser Zeichen, wenn einer von uns nach
Hause kommt. Das Telefonat brachte mich wieder in die reale
Welt zurück. Es war noch immer sehr warm und so wollte
ich noch schnell einmal unter die Dusche, Dusche war etwas
übertrieben, es war ein an einem Baum befestigter Garten-
schlauch, der mit der Pumpe im See verbunden war. Daneben der Elektroschalter für diese Pumpe, ein Druck auf den
Schalter und schon gurgelte es im Schlauch und nach kurzer
Zeit kam das erfrischende Nass aus dem Gießkannenbrausekopf, der auf das Ende gesteckt war. Abtrocknen und das
Haus verschließen dauerte nur wenige Minuten und schon
surrte der Automotor und ich zwang mich an das mich zu-
tiefst Bewegende, nicht zu denken, ich muss sehr auf den
dichten Verkehr achten, denn es war noch immer Rushhour.
Direkt vor der Stadtwohnung fand ich einen Parkplatz, ließ
mein Handy zweimal klingeln, holte den immer noch frisch
aussehenden Blumenstrauß aus dem Kofferraum und wurde schon vom Balkon aus begrüßt. Nach dem Abendessen
beschlich mich eine Müdigkeit, die ich sonst eigentlich nicht
kannte. Ich erzähle aber trotz Mattigkeit noch begeisternd
vom herrlichen Sommertag in Zecher, vom Schloss, dem
Schaalsee und dass sich dort so viel verändert hat. Von meinem Erlebten auf dem Melkweg sage ich nichts, ich will erst
eine Nacht darüber schlafen. Im Bett lasse ich den Tag noch
einmal Revue passieren.

# Barcelona

Schon am nächsten Tag muss ich nach Barcelona. Früh aufstehen und noch die letzten Utensilien in die Reisetasche quetschen, denn um 9.30 Uhr soll ich abgeholt werden, aber zu diesem Zeitpunkt steht noch kein Ford Sierra vor der Tür. Das Telefon klingelt, es ist mein Freund, ich merke es sofort an seiner blechernen Stimme, die über das Autotelefon kommt. Stecke leider im Stau, es wird etwas später, bin jetzt vor Karstadt in Wandsbek, aber komm schon runter auf die Straße, dann können wir sofort weiterfahren. Noch eine halbe Stunde stehe ich auf der Straße und warte geduldig auf meinen Freund. Allmählich werde ich ungeduldig, die Nerven sind auch nicht mehr stabil, die Nacht war grauenhaft, irre Gedanken, Schweißausbrüche, Alpdenken. Auch ein Glas Milch mit Honig half nicht. So war das Klingeln des Weckers, nein, es waren zwei Wecker, die zur gleichen Zeit loslegten, ein willkommenes Signal etwas zu machen, die Gedanken abzustellen. Duschen, Kaffee trinken, die letzten Sachen packen und auf das Auto warten. Endlich ist er da. In rasanter Fahrt geht es am Stadtpark entlang, durch die City Nord, an den Alsterdorfer Anstalten vorbei und schon liegt der Flughafen vor uns. Gleich vorn im ersten Parkhaus wird ein Platz frei. Wir fahren in hohem Tempo durch die offene Schranke und nehmen den eben frei gewordenen Parkplatz. Schnell schnappen wir die Taschen und begeben uns im Laufschritt zum Einchecken. Der letzte Aufruf für unsere Maschine hallte durch die Halle. Aber wir sind nicht die letzten, die das Flugzeug betreten und unsere Plätze einnehmen. Ein Buddhist in orangefarbenen Umhang wird noch von einer Stewardess an seinen Platz begleitet. Keine zehn Minuten in der Luft bin ich eingeschlafen und werde erst kurz vor Barcelona von meinem Freund geweckt, allerdings mit einer kleinen Bemerkung, ich hätte phasenweise unverständliche Worte gemurmelt um dann wieder von heftigen Zuckungen am ganzen Körper geschüttelt zu werden. Du musst ja gestern Schlimmes erlebt haben. Ich antworte nicht, bewusst antworte ich nicht, und schaue durch den halb heruntergezogenen Sonnenschutz in den unendlichen blauen Himmel. Heißes Wetter begrüßt uns am Flughafen in Barcelona und im Nu waren unsere Hemden durchgeschwitzt und klebten auf der Haut. Es war nicht weit  bis zum Messegelände, aber schon vor der Eingangshalle wurde der Taxifahrer entlohnt, denn lange Lieferwagenschlangen behinderten das Weiterkommen, so schleppten wir unsere Taschen bis zur Halle 3. Der 7-Tonner aus Hamburg stand schon vor dem riesigen Tor, die hintere Persenning war schon hochgerollt und gab den Blick für die vor uns liegende Arbeit frei, denn der 100 Quadratmeter große Ausstellungsstand füllte den LKW bis zum letzten Quadratzentimeter. Nicht eine Stecknadel hätte da noch mehr Platz gehabt.

Nach überschwänglicher Begrüßung und einem kräftigen Schluck aus den von Hamburg mitgebrachten Flaschen Wasser wurde entladen. Was mir von diesem Tag in guter Erinnerung bleibt, ist die Unmenge Wasser, die wir bis spät in der Nacht getrunken haben, alle Kästen, alle vier Kisten, die für die ganze Aufbau- und Abbauphase bestimmt waren, hatten wir leergetrunken. Um ein Uhr lag ich im nahegelegenen Hotel im Bett, aber um sechs Uhr in der Frühe klingelte schon wieder der Wecker. Meine Kollegen saßen schon am Frühstückstisch. Ich hatte mal wieder beim Duschen zu viel Zeit vertan. Den ganzen Tag, bis Mitternacht, hatten wir aufgebaut, zuerst den Teppich verlegt, jetzt endlich, die erste Syma-Alustange wurde aufgestellt, dann eine ein Meter breite und zwei Meter und fünfzig hohe Wand eingepasst und die rechte Zarge angebracht, sodann konnten wir oben die Abschlusszarge einfügen, so wächst der Messestand Meter für Meter. Zum Schluss wurde die Grafik angebracht und die Beleuchtung installiert, wir mussten uns beeilen, denn schon am nächsten Morgen war Pressebegehung. Pünktlich waren wir fertig, noch ein wenig putzen, einige Exponate verrücken, um dann der Standbesetzung, es waren alles sehr gutaussehende Spanierinnen, dezent in grün gekleidet, der Hausfarbe unseres Kunden, mein erster Eindruck aber war, die Farbe passt nicht so ganz zu ihrem spanischen Temperament, Rot und Gelb wären besser gewesen, die Technik in der Küche und die Inbetriebnahme der beweglichen Teile auf dem Messestand zu erklären.

Mein Freund schaffte noch die letzte Maschine nach Hamburg. Ich hatte bis zum nächsten Montag, also eine Woche standbay, das heißt, morgens einmal zum Stand schauen, die PCs hochfahren, Licht einschalten, ein wenig putzen, den Blumen frisches Wasser geben und um elf Uhr war ich fertig und hatte den Rest des Tages frei. Am ersten Tag fuhr ich mit der Metro L 3 bis Lesseps und gehe den gut ausgeschilderten Weg zu Fuß zum Park Güell, unterwegs bestaunte ich die Auslagen in den Schaufenstern. Eine Confiserie hatte es mir besonders angetan, die Schaufensterscheibe ruht in einem dicken, reich verzierten Holzrahmen und dahinter lauter Köstlichkeiten, ein unübersehbares Angebot von edlem Gebäck. Süßes wo hin man schaute, aber den Mittelpunkt bildete ein großes Tablett mit Maroni clacé, kandierte Kastanien. Ich aber kaufte ein Baiser, groß und süß, in einem hellem Braun, bröckelig und lecker, sehr lecker. Ich gehe durch enge Gassen, an den schmiedeeisernen, reich verzierten Balkongittern hängen oder stehen Geranien, Geranien und noch mal Geranien, rot leuchtend in einem herrlichen Kontrast zu den doch sehr morbiden grauen Hauswänden. Schöne alte Türen hinter denen sich ein edles Hotel, eine billige Absteige oder eine Bar verbergen. Doch ab und zu ist der Blick auf den Tibidabo, auf die höchste Erhebung Barcelonas, frei. Ganz deutlich kann man das Riesenrad auf der Spitze sehen. Es sind ja noch einige Tage bis zur Abreise und wie ich im Hotel hörte, ist es ein Muss auf diesen Berg zu fahren. Erst mit der Straßenbahn und dann mit einer Gondel nach oben,

der Ausblick bei Nacht soll einmalig sein. Am Treppenaufgang zum Park Güell begrüßt mich ein riesiger, mit vielen kleinen bunten „Trencadis" Mosaiksteinen belegter, farbenprächtiger Salamander, mit geckoartigen Zehen klammert er sich an den badewannenartigen Beckenrand. Das wohl am meist fotografierte Tier in Barcelona. Der Park ist nicht stark besucht, einige Schulklassen, die sich bei dieser Wärme aber sehr schnell in die, von Antoni Gaudi i Cornet (jetzt möchte ich ihn doch einmal bei seinem vollen Namen nennen, gemäß der spanischen Tradition, den Nachnamen des Vaters und der Mutter angefügt) sehr eindrucksvoll gestaltete „Halle der hundert Säulen", zurück zogen. Ich setze mich auf die Schlangenbank, ganz aus gelben, grünen und blauen, die Farben verkörpern für Gaudi die Tugenden Glaube, Hoffnung und Liebe, Mosaiksteinen, im Schatten einer Palme. Seitlich sehe ich den Säulengang, in Form einer Welle, von dieser Architektur sagt man, es sei gefrorene Musik.
Meine Augen fallen zu und ich döse vor mich hin, auf einem Mal, wie ein Traum, aber realer, ein Wachtraum. Eine Gedankenwelt tut sich auf, wie ein Geisterseher durchwandere ich diese Welt, in der ich schon einmal auf dem Melkweg war, in der ich wie damals Kraft spüre, die ich mitnehmen kann, in mich aufnehmen und in die reale Welt hinaus tragen kann. Nicht meine Augen können etwas erfassen, nein, nur meine Gedanken. Meine linke Hand wird auf einmal ganz heiß, ich kehre zurück in die reale Welt. Die Erde hat sich weiter gedreht und die Sonne bescheint mit ganzer Kraft meine linke Hand, die wie abstützend auf der Mosaikbank ruht und der unbarmherzigen Sonne voll ausgesetzt ist. Ich nehme meine Hand aus der Sonne und betrachte sie, das Pflaster auf der Wunde, die ich mir beim Messeaufbau zugezogen hatte, ist blutdurchtränkt, die Pigment Störung auf dem Handrücken ist etwas dunkler als ich in Erinnerung habe, aber wann habe ich den dunklen Fleck schon einmal richtig betrachtet. Wo war ich eben. Erinnerung an das eben erlebte ist da, nur

der Kopf ist so voll, das die Gedanken erst einmal geordnet werden müssen. Ich stehe auf und gehe durch den Park. Antoni Gaudis Phantasie kannte keine Grenzen, hier hat sich der begnadete Architekt ausgetobt, jede Skulptur, jedes Bauwerk war so phantasievoll gestaltet und doch immer im Einklang mit der Natur. Er übertrug die Verfahrensweisen der Natur auf die Gebäude, die er errichtete. Das Ergebnis waren Bauwerke wie die sehr beeindruckende Kirche el Temple Expiatori de la Sagrada Familia oder die Casa Batlló, am Passeig de Grácia, dann das Casa Milá, (la Pedrera), das die Einheimischen zärtlich den Steinbruch nennen und die Krypta der Colónia Güell, ganz geschweige von den vielen, vielen anderen Gebäuden in der ganzen Stadt. Es gibt in Europa nichts, was sich mit dieser Orgie der Vorstellungskraft und Symbolik vergleichen ließe, hier im Park ist alles Phantasie, zwar der Natur nachempfunden, aber grotesker, verspielter als die Natur es hätte machen können. Millionen kleiner Mosaiksteine, kunstvoll zu phantasievollen Gebilden zusammengefügt. Blumen, Ornamente, traumhaft farbige surrealistische Gebilde, alle extra für diesen Park hergestellt. Es erscheint mir, als Gaudís Werk ein Gespräch mit seinem Gott führt, völlig privat und dennoch in aller Öffentlichkeit. Vielleicht ist es dies, was seinen Gebäuden Flügel verleiht. Dieses hat uns der geniale, begnadete Architekt als Einmaligkeit hinterlassen. Meine Flasche Wasser ist leer, das süße Gebäck, das leckere Baiser, hat den Durst neben der fast unerträglichen, schwülen Hitze noch verstärkt. Am Eingang, das hatte ich noch in Erinnerung, war ein kleiner Kiosk, hier kaufe ich eine Flasche eiskaltes Wasser, der erste Schluck ein Labsal. Im Schatten einer sehr phantasievoll gestalteten Überdachung ist eine Bank leer, ich setze mich und im Nu kann ich in meinen Gedankenraum einsteigen, es ist möglich, in dieser realen Welt und in einer Mitwelt gedanklich zur gleichen Zeit zu sein. Trinke, genieße das kühle Nass und zur gleichen Zeit gehe ich durch diese Sphäre. Eine große Kraft kann ich spüren, eine

Macht, meine Gedanken zu bündeln, und gezielt auszusenden. Auf dem Melkweg ist mir die Fähigkeit gegeben, mein Denken in kleinen Mengen wie auch in großen Mengen, in eine von mir bestimmte Richtung zu transportieren und in den Köpfen derer zu etablieren als wären es ihre eigenen. Einige Parkbesucher schlendern direkt an mir vorbei ohne mich zu beachten, geschweige mich abgehoben von dieser Welt zu sehen. Dieser Umstand beruhigt mich sehr, denn das ungeheuerlich Erlebte muss doch auf mein Äußeres gewirkt haben. Aber so ist es nicht. Ganz ruhig sitze ich da und spüre den leichten Wind, der jetzt aufkommt und sogar etwas Kühlung mit sich bringt. Ich schaue in die Runde, der Park füllt sich. Die pittoresken Gebilde, Pflanzen aus Stein und farbigem Glas, ziehen viele Besucher an. Ich bin schon etwas sicherer an diesem, an meinem geheimen Ort, ich kann einsteigen und aussteigen wann immer ich es will. Ein erneuter Versuch, eine Person zu manipulieren, kommt mir gar nicht in den Sinn. Ich bin mir absolut sicher, eine, aber auch mehre Personen, gleichzeitig nach meinen Vorstellungen, zu beeinflussen. Dieses gilt für ein Handeln, wird es auch für eine von mir vorgefertigte Aussage genügen, das werde ich noch heute ausprobieren. Allmählich bekomme ich Hunger, eine Uhr ist nirgends zu sehen. Ich selber habe noch nie eine Armbanduhr getragen, aber immer die ungefähre Zeit im Kopf. Durch die Säulenhalle schlendere ich dem Ausgang zu.
In die Stadt zurück nehme ich den Bus und steige am Placa de Catalunya aus und gehe zu Fuß durch die Ferrán Strasse in das Gotische Viertel, Barrio Gótico, weiter. Hier gibt es eine Bodega neben der anderen. Wo sich die meisten Katalanen an der Bar drängeln gehe ich hinein und bestelle mir ein Bier. Gerade wird ein großer Teller, ganz dünn geschnittener, luftgetrockneter Schinken  angepriesen und schon ist diese frisch aus der Küche gekommene Platte leer, nur ein aufgerolltes Stück mit einen Holzstäbchen versehen, konnte ich ergattern. Auf der nächsten Platte scharfe paprikarote Würs-

te, würziger Käse, Oliven, Salzgebäck und Mandeln, heiße Krabben in Knoblauch, Fleischbällchen in pikanter Sauce. Eine kulinarische Sinfonie vor meinen Augen. Ich nehme mir einen Teller, und wer die Wahl hat, hat die Qual, aber im Nu ist er voll. Ein Tisch wird frei und ich setze mich. Die in jedem Tapas steckenden Holzstäbchen, Zahnstocher ähnlich, sammele ich, denn die dienen nachher zur Abrechnung an der Kasse. Schon nach dem sechsten Stück bin ich gesättigt und bestelle mir noch ein kleines Bier. An der Kasse lege ich die Zahnstocher vor und für jeden muss ich einen Euro zahlen und für das Bier nicht viel mehr. Der Weg zum Hotel ist gut zu Fuß zu erreichen. Ein kleiner Klönschnack mit dem Portier auf Englisch, also zehn Worte er und ich mal eben drei, reicht um eine gute Nacht zu wünschen. Im Zimmer ist es stickig und als ich die Balkontür öffne kommt zwar kühlere Luft herein, aber es ist sehr laut. Der Balkon liegt im ersten Stock und unten auf der Rambla ziehen die Vergnügungssüchtigen vorbei, klatschen bei jedem Feuerstoß eines Feuerschluckers, und wenn der Jongleur direkt unter meinem Balkon, bestimmt ein Student, der sich ein wenig dazu verdient, den Ball verliert, johlt das Volk auf, dabei werde ich nicht schlafen können. Dieser Störenfried wäre eine gute Testperson, meine Beeinflussung auszuprobieren.
Ich sammle meine Gedanken und lasse den Studenten zu mir hoch auf den Balkon schauen und bitte ihn, seine Darbietung auf die andere Straßenseite zu verlagern, denn dann würden die gewaltigen Platanen in der Mitte der Straße den Lärm schon ein wenig schlucken. Ich war im ersten Moment so perplex, dass ich es nicht glauben konnte, aber meine im Unterbewusstsein dem Studenten zufließenden Gedanken haben es geregelt, ich ging ins Hotelzimmer und setzte mich aufs Bett. Aus meiner Reisetasche, die auf einem Stuhl steht, der vor einem kleinen Tisch, der wiederum vor einem überdimensionalen, bis zum Holzfußboden  angebrachten Spiegel steht, schaut die Wochenzeitschrift heraus, die ich

im Flugzeug mitgenommen habe. Ich ziehe sie aus der Seitentasche heraus und setze mich auf dem Balkon auf einen klapperigen Hocker. Neben mir in einem verrosteten grünen Kasten summt die Klimaanlage, die aber, an so einem heißen Tag, überfordert ist. Ich schlage die Zeitschrift auf und blättere sie erst einmal durch.

Die Seiten mit politischen Beiträgen lese ich quer und bin schon bei der Literaturseite angelangt. Mein Sohn hat ein Buch geschrieben und nun wartet die ganze Familie darauf, in einer renommierten Zeitung eine Buchvorstellung zu lesen, er ist in dieser Ausgabe nicht dabei, ich überfliege weiter die Buchangebote und bleibe bei einem Bild in der Mitte einer Textspalte hängen, ein dunkelhäutiger Jugendlicher mit einem sehr melancholischen Gesichtsausdruck schaut mich an. Das Wort Kindersoldat springt gleich am Anfang des Textes ins Auge. Ich beginne zu lesen. Nach Beendigung dieser knappen Inhaltsangabe bin ich so schockiert und frage mich, muss diese Zeitung so etwas veröffentlichen, darf dieser Inhalt so in einem Buch erscheinen und so vermarktet werden. Ich muss fast weinen, bin unfähig etwas anderes in mich aufzunehmen, nur an den einen Abschnitt, zitierten Abschnitt, aus eben diesem Buch eines Kindersoldaten, kann ich denken und ich werde diese Zeilen wohl nie wieder richtig los. „Während er, der Kindersoldat, die Mutter vergewaltigt, klammert sich ihr kleiner Sohn um den Hals seiner Mama, weint und jammert, da nimm er, der Kindersoldat, der Buchautor, seine Machete und hackt dem kleinen Kind die Arme ab." Ich habe Horrorromane und Schauermärchen gelesen, das waren ausgedachte Sachen, aber an so grauenvoll real Geschriebenes kann mich nicht mehr erinnern. Diese Zeilen überbieten alles Schlimme was ich mir je vorgesellt habe. Das Buch „Schande" von Götze ist vielleicht genauso grausam, aber der Autor umschreibt das Schreckliche und man muss selber das umschriebene Grauen in eigene Worte fassen und dann ist es nur so schlimm, wie man selber denken kann. Machtbesessene Herrscher, die ihre Kinder so unmenschlich abrichten, wird es immer geben, aber wenn sie so weit gehen, mit solchen Taten ihre Macht zu erhalten oder gar noch zu vergrößern: Muss da nicht Einhalt geboten werden, müssen da doch Gegenmächte geschaffen werden, die unter Einbeziehung der Meinung alle Menschen auf dieser Erde solche Auswüchse menschlichen Wahnsinns abstellen können. Diese Ereignisse sind es, die mich gedanklich an mein Erlebnis auf dem Melkweg erinnern, die dort erkannte Kraft zu nutzen und eben solche Grausamkeiten abzustellen. Lange liege ich noch wach und denke, denke und denke, aber komme zu keiner Entscheidung, zu keinem Entschluss, die Hitze, der Zeitungsartikel, der ganze Tag war nervenzehrend und meine Denkkraft ist erschöpft. Irgendwann bin ich doch eingeschlafen und die wilden Träume kann man an dem völlig zerwühlten Bett am anderen Morgen erkennen.

Hier im Hotel gibt es kein Frühstück, so gehe in die gegenüberliegende Kaffeeklappe und bestelle mir einen großen Schwarzen und dazu ein mit Butter beschmiertes Croissant. Leider habe ich für eine zweite Tasse Kaffee keine Zeit mehr, ich muss mich beeilen und den Messestand funktionstüchtig machen. Schon etwas nach elf bin ich mit meinen Aufgaben fertig und schlendere zum Ausgang. Die Besucher stehen schon Schlange an der elektronischen Einlasskontrolle. Sie müssen das gekaufte Ticket in einen Schlitz stecken und die silberne Stange hebt sich und gibt den Eingang frei. Den Vordersten in der Warteschlange, ein junger blonder Mann, bitte ich gedanklich. Er soll ohne seine Eintrittskarte zu benutzen die Einlassstange ignorieren und unterdurch krabbeln. Sportlich, fast elegant, wie ein Limbotänzer, schafft er es. Ich muss lachen, denn sofort wird von den, vor der Schranke wartenden Wärtern, lautstarker Protest erhoben, der erst verstummt als mein Limbotänzer seine Karte in die Höhe hält und dann, zu mir herüber schaut und lächelt. Ich bin glücklich, und habe soeben an das Erlebte auf dem Melkweg in

Zecher angeknüpft. Spontan kann ich meine Gedanken bündeln um im nächsten Moment mich wieder in der realen Welt zurechtzufinden. Auf dem Melkweg muss etwas Gewaltiges mit mir geschehen sein. Ein neues Denken, oder ein um die Ecke denken, dahin denken, wo noch niemand war. Ich habe auf dem Melkweg die menschliche Denkgrenze überschritten. Das Denken an Sandra, das Denken in dieser Umgebung, zu einer wohl richtigen Zeit, hat eine bis dahin existierende Mauer abgerissen und mich auf die andere Seite gelassen, wo Menschen nach ihrem Tode hingehen, aber nicht zurückkommen, ich aber war nur zu Gast dort und habe den Weg zurückgefunden und habe bestimmt, vielleicht im Unterbewusstsein, wie Hänsel und Gretel weiße Kieselsteine gestreut, um an Hand dieser Wegzeichen den Weg jederzeit wiederzufinden. Ich muss nur meine Gedanken bündeln, an Sandra denken, mich etwas mehr anstrengen, ganz wenig über das Gewöhnliche hinaus und schon bin ich dort und unserer beider Kraft reicht aus, das mein Wollen, unser Wollen, zum Tun wird. Ich kann mit Sandras Hilfe in die Gedanken eines andern einsteigen, ihn beeinflussen, manipulieren und so mein Wollen realisieren lassen, durch ihn sprechen und so, ohne mich offen zu zeigen, meine Gedanken weitergeben.
Die restlichen Tage in Barcelona verbringe ich mit meinen Aufgaben auf dem Messestand, um mir danach die Stadt anzusehen. Immer wieder machte ich kleine gedankliche Experimente. Wurde immer sicherer und mutiger. Sogar ein Zufallsversuch bot sich an und ich war mit dem Resultat sehr zufrieden. Es war am Strand von Platja de la Barceloneta, nach einem Bade döste ich vor mich hin und sah plötzlich aus dem Augenwinkel heraus eine Frau, die aufgeregt schrie und gestikulierte, sofort erkannte ich die Situation, ihr war etwas gestohlen worden, denn sie lief einem flüchtenden Mann hinterher. Ihr Abstand war zu groß um ihn einzuholen, schon resignierte sie, schlug mit der Faust in den Sand und weinte. Diese hilflose Geste löste bei mir eine ins-

tinktive Reaktion aus. Ich jagten dem Räuber hinterher, weil aber die Chance ihn einzuholen gleich null war, rief ich ihm gleichzeitig gedanklich zu, „Police, Hands up," in Sekundenschnelle habe ich mir diese Formulierung ausgedacht, der Dieb ließ den Rucksack fallen, nein, warf ihn sogar im hohen Bogen in meine Richtung. Sie war eine Niederländerin, und nachdem ich ihr ihre Habe wiederbrachte, bedankte sie sich überschwänglich, denn im Rucksack waren die Papiere und das ganze Geld der Familie. Der Vater mit den zwei Kindern schaute sich die Stadt an und wollte aus Sicherheitsgründen die Wertsachen nicht mitnehmen. So sollte die Mutter darauf aufpassen, denn sie hatte sich am Vortag die Füße wundgelaufen und wollte so am Strand auf die Rückkehr ihrer Familie warten. So verging die Woche.

Am Wochenende kam mein Freund so rechtzeitig, dass wir uns einen Bummel durch die Stadt erlauben konnten. Ich zeigte ihm das Wahrzeichen von Barcelona, eine Predigt in Stein sollte es nach dem Willen des Bauherren Antoni Gaudi werden, der Templo Expiatorio de la Sagrada Familia, die Kirche, die im Jahre 2020 erst fertig werden wird, doch der Baubeginn war 1880. Wir machten einen kleinen Abstecher in die Innenstadt, vorbei an der Casa Mila, auch von den Katalanen liebevoll La Pedrera, der Steinbruch, genannt. Und dann, sehr sportlich zu Fuß auf einer der zwei Freitreppen zum Palacio Nacional, von hier aus hat man einen herrlichen Blick über ganz Barcelona. Hinter uns sieht man den Montjuic, der Berg, der niemals schläft. Wenn man genau hinschaut kann man von hier unsere Messehalle sehen, wo wir noch heute Abend mit dem Abbau unseres Messestands beginnen. Oben auf dem Berg, ich war gestern dort, das Spanische Dorf, wo auf kleinstem Raum über 40 Lokale ihre phantasiereichen Köstlichkeiten anbieten. Auf einer der Speisekarten wird Hummer mit Huhn in Haselnusssoße angeboten, ein anderes Lokal bietet ähnliche Köstlichkeiten, mir lief das Wasser im Mund zusammen. Wir aber müssen uns aber beeilen, denn

pünktlich um neunzehn Uhr beginnt der Abbau, wir wollten
es bis Mitternacht schaffen. Viel Wasser haben wir wieder getrunken und ein wenig geflucht, wenn wieder mal eine Mes-
sewand umfiel, aber wir haben es bis Vierundzwanzig Uhr
geschafft und eine Stunde später war auch der LKW beladen.
Total erschöpft und ausgebrannt fielen wir, ohne noch ein
Bier zu trinken, das war schon eine Seltenheit, ins Bett.
Am anderen Morgen beim Frühstück gab es, durch eine Aussage von mir, für die Crew, aber im Besonderen für meinen
Freund, eine große Enttäuschung. „Ich komme nicht mit
nach Hamburg, ich habe etwas anderes vor". Die Überra-
schung war gelungen. Fragende Gesichter und ich erklärte
ihnen, es sei noch zu früh darüber zu reden, aber sie würden
noch davon hören. Einen neuen Messeauftrag hatte mein
Freund nicht, so ließ ich ihn arbeitsmäßig nicht im Stich und
konnte mich ausklinken. In den letzten Tagen habe ich mir
immer wieder gesagt, warum nicht einmal im Leben eine
Sache machen, die außergewöhnlich ist, einmal etwas wagen, wenn es auch keine große Chance hat. Alle glaubten, ich
bleibe noch einige Tage in Barcelona, und in diesem Glauben ließ ich sie. Wie immer bei einem Messeabbau, es eilte, der Weg nach Hamburg war weit, die Zeit wurde knapp,
alle sprangen vom Frühstückstisch auf, holten ihre Taschen
aus den Zimmern, bezahlten und die, die mit dem LKW nach
Hamburg fuhren, verabschiedeten sich. Ich brachte meinen
Freund noch zum Flughafen und auf der ganzen Fahrt wurde
kein Wort geredet. Nur einen Satz sagt er noch in der Flugha-
fenhalle. Was soll ich bloß in Hamburg sagen und schon war
er in der Schlange der Fluggäste verschwunden. Ohne ihn zu
sehen winkte ich in die Menge, drehte mich um ging zu einem Schalter mit der Aufschrift Information und fragte nach
dem Preis eines oneway Fluges nach New York.
Der billigste war ein Nachtflug, nicht so teuer, wie ich erst
dachte. Ich bedankte mich und setzte mich in die äußers-
te Ecke der Abflughalle, ruhig war es hier, erstaunlich leise,

kein Fluglärm, die Menge der Fluggäste konzentrierte sich vor den Schaltern und dem Check In. Ich will noch einmal alles überdenken, bestimmt zum hundertsten Mal. Ich ging zu einem Automaten und ließ mir von einem freundlichen Flughafenangestellten das Kaufen eines Tickets über dieses System erklären und dank meiner reich gefüllten EC Karte war ein Nachtflug nach New York für heute Abend gebucht. Ich habe den ganzen Nachmittag noch reichlich Zeit durch Barcelona zu streifen. Meine Sachen im Hotel sind schnell gepackt, bezahlt hatte ich schon am Morgen. Es muss das Handy gewesen sein, das mitten am Tag den Gedanken an Julie auslöste, ich wollte auf dem Display nachschauen, ob ich eine sms erhalten hatte, und um besser sehen zu können hielt ich das Handy hoch, fast über meinen Kopf in den Schlagschatten einer Häuserwand, und genau dieses Bild hatte ich seit drei Wochen vor Augen, ein hochgehaltenes Handy. Immer begleitet mich diese Handbewegung und löst immer wieder die gleichen Gefühle aus, wie damals am Flughafen, an der Atlantikküste, etwas Liebgewonnenes zu verlieren. Jeden Tag schickte ich eine SMS an Julie und jeden Tag kam eine von ihr zurück, vier Worte, die gleichen Worte seit drei Wochen, komm bitte nicht, Handtuch. Ich kann es nicht mehr aushalten und wähle ihre Nummer, sie ist sofort am Telefon und als sie meinen Namen hört, kann sie nicht mehr sprechen, ich höre nur noch Schluchzen und ein lautes Naseschnauben, aber ich wollte heute ihr die Wahrheit sagen und meine Worte sprudelten nur so heraus, doch während ich ihr von der Beendigung meiner Fahrt nach Santiago gleich nach ihrer Abreise erzählte, und dass ich jetzt in Barcelona sei und gearbeitet hätte, merkte ich ihr Interesse, das Naseschnauben hörte auf und eine klare Stimme fragte: „Warum bist du auf dem Heimweg nicht bei mir vorbeigekommen?" und jetzt war Julie wieder meine Julie. „Hast du wenigstens aus dem Fenster geschaut und mich im neuen Bikini im Garten liegen gesehen?" Ich musste lachen und ohne dass ich sie sehen konnte, wusste ich, das sie lächelte, genau das Lächeln, das ich so sehr liebte. In diesem Augenblick, genau in diesem Augenblick, waren wir die glücklichsten Menschen der Welt. Eine Weile war es ruhig, ganz leise hörte ich sie fragen: „Und wie kommst du von Barcelona wieder nach Hause?" Jetzt hatte sie mich erwischt, jetzt standen mir die Tränen in den Augen. Eben so leise wie sie sagte ich, dass ich heute Abend noch nach New York fliege und dort eine Zeit bleiben will, würde aber sofort, sobald ich mich vom Jetlag erholt hätte, ihr eine E- Mail schicken. Sie wird mehre Seiten lang sein, denn ich habe ihr so viel zu erzählen. Vom Melkweg erzähle ich nichts und sie fragte auch nicht, was ich in NY machen werde. Sie fragte nur, wie lange ich in Amerika bleiben muss, und ich merkte am Telefon, dass sie nachdachte und rechne- te, dann sagte sie, die Julie ist in zwei Wochen wieder gesund und könnte schon morgen einen Flug für den Folgetag, den letzten Bestrahlungstag, also in 15 Tagen, nach NY buchen. „Ja", sagte ich, „aber warte erstmal meine Mail ab und warte doch besser noch einige Tage und vergiss den Frühbucher- rabatt, sei nicht so geizig." Sie lachte, aber es klang ein we- nig hohl. Dann eine Pause, eine unendlich lange Pause, und dann ein Weinen und Nasehochziehen und dann war die Leitung tot.

In diesem Moment fiel mir ein, dass ich gar keine E-Mail- Ad- resse von Julie hatte, ich kannte nicht einmal ihren Nach- namen, hatte ihn nie schwarz auf weiß gelesen, nur so ganz nebenbei gehört, am Flugschalter, der freundliche Camper redete sie einmal mit Frau an, aber ich kann mich nicht an den Namen erinnern. Ihre Initialen, das wusste ich genau, die waren J. M., auch in der Zeitschrift stand neben Peters Namen nur Julie M. Ich setzte mich in ein Kaffee und bestell- te mir einen Espresso und ein Baiser, schwarz und süß haben schon immer geholfen, und so auch jetzt. Schon nach einem kleinen Schluck und nur einem Bissen pure Süße kam mir der Trecker auf dem Melkweg, das Tuten des Schiffers vor der

Brücke, der Feuerschlucker auf der Rambla und die Taube auf dem Parkplatz in den Sinn, das war es, ich wollte es jetzt und hier und bei Julie ausprobieren. Mein Telefon legte ich vor mir auf den kleinen runden Bistrotisch, dachte an Julie, zum ersten Mal sehr bewusst darauf achtend, mit welcher geistiger Anstrengung, mit welcher Intensität und mit welchem Bild vor Augen. Julie als ganz normale Frau in einer ganz normalen von mir erlebten Situation, oder die kranke Julie, die mir so ans Herz gewachsen war, nichts von dem, ganz normal die Frage formulierend, wie ist deine E-Mail Anschrift und so ganz ungewollt die Frage, wachsen deine Haare schon wieder. Dann ein letzter süßer Bissen und ein lauwarmer Rest vom Espresso, und noch einen Augenblick, da leuchtete das Display vom Handy auf und das Rütteln wurde hörbar, denn die Tischplatte wirkte als Resonanzboden und verstärkte die tönende Bewegung. Zweimal einen Knopf auf dem Handy drücken und ich kann es lesen, juliem.@ gmy.de, ja, nur nicht auf dem Kopf. Das war Julie, meine Julie.

## New York

Am Abend besteige ich die Maschine nach Paris, hier habe ich über eine Stunde Aufenthalt, die Zeit aber reicht kaum aus, um in diesem gigantischen Flughafen das Gate 7 für den Flug nach NY zu erreichen. Als letzter werde ich an Bord begrüßt und habe Glück, der Flieger ist nicht voll besetzt und so setze ich mich in eine leere Sitzreihe, um, wenn ich nachher müde werde, mich ein wenig lang zu machen. Ich wache erst auf als die Stewardess das Frühstück serviert und NY nur noch weniger als eine Stunde entfernt ist. Unter uns der Atlantik, aber man kann jetzt schon in der Ferne die Skyline von New York sehen. Ein Blick wie in einen Hochglanzprospekt. Kurz darauf landen wir in Newark. Gegen alle Erwartung sind die Einreiseformalitäten schnell erledigt. Das Geld für ein Taxi will ich sparen und fahre mit der Vorortbahn nach Manhattan, in der Madison SQ GDN Penn Station steige ich aus und nehme ein Taxi bis zum Central Park, von hier aus gehe ich zu Fuß auf der 57. Street Richtung Queensboro Bridge, an vielen internationalen Filialen vorbei, einzigartige Dekorationen bei Channell, und bei Guggi sind Handtasche, Kleid und selbst die Schuhe aus demselben sehr farbigen Stoff, mir gefällts. So laden allein in dieser Straße noch ein Dutzend weiterer großer Namen zum Kaufen ein und ein Label berühmter als das nächste. Beeindruckend diese pulsierende Stadt.

Das Hotel Habitat ist schnell erreicht und ich bekomme ein Zimmer im 17. Stock mit einer herrlichen Aussicht bis zum Central Park. Die Preise sind in diesem Hotel für NY recht billig, es liegt wenige Straßen von den Vereinigten Nationen entfernt, bequem kann man das UNO-Gebäude zu Fuß erreichen. Unten auf der Straße, eingeengt in den Häuserschluchten, bin ich mir nicht mehr so sicher, diese Welt zu verändern, zum Besseren zu verändern, hier in dieser quirligen, von Leben überquellenden Stadt fällt es mir schwer zu glauben, dass die Menschen mein Anliegen hören wollen, oder ob sie überhaupt eine heilere Welt um sich haben wollen, aber ich bin hier in NY und diese Stadt ist nicht zu vergleichen mit dem großen Land Amerika. Denn schon einige Kilometer weiter im Westen, Norden und Süden gilt es, vieles zu verändern, das amerikanische Freiheitsverständnis nicht ausschließlich mit Gewalt in die Welt zu tragen, nicht nur dem Utilitarismus zu huldigen, sondern auch die anderen Völker in ihrer anderen Lebensauffassung zu akzeptieren. Denn ich bin der Meinung, dass die Gewaltlosigkeit auf Dauer das beste Mittel gegen Gewalt ist. Die Freiheit könne man nur mit Waffengewalt durchsetzen ist eine typische Sehweise der Amerikaner, man sollte aber sagen dürfen, mit dieser Politik geht es ausschließlich um die eigene Macht und letztendlich um das Beherrschen der Weltmärkte.

# UNO

Warum die UNO ihren Sitz gerade in New York in Amerika hat, habe ich nie verstanden, dieser Zusammenschluss aller Völker könnte die bestimmende Macht auf dieser Welt sein, aber diese Macht ist an die Kette gelegt und somit nicht effektiv, nicht handlungsfähig, nicht entscheidungsfähig, um wirklich entscheidend etwas zu verändern, um kurzfristig die Gräueltaten der Menschen abzustellen, zu verhindern, auszuschließen. Warum die UNO mit ihrem Sitz an diesem Ort, in dieser amerikanischen Stadt, angesiedelt wurde, bleibt mir ein Rätsel. Die Stadt New York  mit ihrem großen Völkergemisch, ihrer nachgesagten Toleranz und sehr guten Erreichbarkeit, wäre schon prädestiniert, aber die USA, das Land Amerika, wird doch niemals die Toleranz aufbringen, die diese Welt braucht, um friedlich und nettig miteinander zu leben. Leider gibt es kein Frühstück im Hotel Habitat.

Ich gehe eine Straße weiter zu der Straßenecke, wo ich mich noch an einen kleinen Kaffeeausschank erinnere, in dem man am Fenster sitzen kann und den endlosen Strom der Passanten, die Autos und vor allen Dingen die gelben Taxen beobachten kann.

Aus einer Tasse Kaffee werden zwei, denn es ist aufregend und spannend, diesem Treiben zu zuschauen. Auf einmal habe ich es eilig. Ich will es hinter mich bringen und spaziere los. Die 57. Straße bis zur First Avenue, hier rechts ab und weiter über die  56. bis zur  48. Straße, schon von der 50. kann ich das United Nations-Headquarter-Gebäude sehen, ein gewaltiger Bau am Ufer des East River. Noch wenige Schritte und ich erreiche das große Eingangstor. Ich mische mich unter die vor mir stehenden Besucher, eine Gruppe aus verschiedenen Nationen, wie ich aus den Gesprächen heraus höre, französisch, italienisch, polnisch oder russisch und auch einige Sprachen, die ich nicht einzuordnen weiß. Meine 10 Dollar Eintritt entrichte ich an einer der vielen Kassen auf dem großen Vorplatz und gehe mit meiner Gruppe zum Hauptportal. Hier sondere ich mich ab und gehe allein weiter. Im untersten Stockwerk befindet sich ein Souvenirladen mit einem Postschalter. Hier kaufe ich einige Briefmarken für die nun mal endlich fällige Post an die Lieben daheim. Danach fahre ich mit dem Fahrstuhl in den vierten Stock. Hier im Delegaten Dining Room hat man einen herrlichen Blick auf die andere Seite des East Rivers, wo man das aus den 20er Jahren aufgestellte Pepsi Cola- Markenzeichen bewundern kann. Auf einer Schautafel ist die Geschichte der Vereinten Nationen, die 1945 in San Francisco gegründet wurden, dargestellt. 1947 entstand das Hauptquartier hier am East River, wo zur Zeit 7000 Menschen arbeiten.

Viele Länder der Welt haben der UNO Geschenke gemacht, einige von diesen Kostbarkeiten sind in den Fluren und Vorräumen dieses gewaltigen Gebäudes aufgestellt, wertvolle Skulpturen, Gemälde, Gobelins und Schnitzereien. Im schönen Park, der über dem Franklin D. Roosevelt Drive am East River angelegt wurde, steht der monumentale Muskelprotz, der Schwerter zu Pflugscharen umgestaltet. Im Treppenaufgang fällt mir eine besonders schöne Arbeit auf, eine chinesische Landschaft aus Bambus geschnitzt, Berge, Häuser, Menschen und Bäume, alles sehr filigran und detailgenau gearbeitet. Bestimmt ein ganz wertvolles Kunstwerk. Ab und zu werde ich nach meinen Wünschen gefragt. Ich bedanke mich und sage, dass ich sehr gut zurecht komme. Das Aufsichtspersonal grüßt dann und geht weiter. Ich werfe einen Blick in den Vollversammlungsraum, in dem heute Nachmittag eine größere Beratung stattfinden soll. Es werden gerade die einzelnen Mikrofone geprüft, genau wie bei uns in Deutschland, one two, threeeee und weiter geht es zum nächsten, nur sind es hier sehr viele Mikrofone, die von mehren Technikern geprüft werden. Der ganze Raum in grünem Marmor, ein großes Rund und in der Mitte die Rednertribüne. Ich gehe bis zur vordersten Stuhlreihe, hier drehe ich mich um und verlasse mit einem Gefühl der Ohnmacht diesen beeindruckenden Raum, es hat mich der Mut verlassen. Ich setze mich in einen Sessel, genau der offenen Tür gegenüber, und versuche meine Gedanken zu ordnen.

## Kant

Da kommt mir Immanuel Kant in den Sinn, „..... handle nur nach derjenigen Maxime, durch die du zugleich wollen kannst, dass sie ein allgemeines Gesetz werde." Kant verurteilt das lügenhafte Versprechen, Vergeudung des eigenen Talents oder fehlende Anteilnahme am Leid anderer Menschen als sittlich falsches Handeln. Kurz: Man muss wollen können, dass eine Maxime einer Handlung zum allgemeinen Naturgesetz wird. Neben der Pflicht spielt der Wille eine entscheidende Rolle in der Philosophie Kants. Der Wille wird als ein Vermögen gedacht, der Vorstellung gewisser Gesetze gemäß sich selbst zum Handeln zu bestimmen. Der Wille könnte sich folglich den eigenen Gesetzen unterwerfen und sowohl, allgemein gesetzgebend wie auch selbstgesetzgebebend, autonom genannt werden. Überhaupt ist man, wenn man als vernünftigeres Wesen einerseits gesetzgebend ist und andererseits keinen Willen eines anderen unterworfen, sodass man unabhängig genannt werden könnte, unabhängig von der empirischen Welt mit ihren Neigungen, Befehlen anderer. Entscheidend für die sittliche Vollkommenheit des Menschen als vernünftiges Wesen sei der unbedingt gute Wille. Gut kann der Wille dann genannt werden, wenn seine Maximen sich niemals widerstreiten würden, sondern kategorisch genannt werden können und sich verallgemeinern ließen.
Wenn ich die Gänge entlang schaue, überall Aufsichtspersonal, die Damen sehr elegant gekleidet, aber die Männer tragen Uniformen, bestimmt bewaffnet, ich muss an meine

Sicherheit denken. Die werden schon genaue Anweisungen haben, einen wie mich schnellstens aus dem Verkehr zu ziehen. Wenn ich hier etwas bewegen will, muss ich dort in den Raum vor mir, wo die Tür offen steht, heute Abend während der Vollversammlung, einen Platz bekommen, von dem ich die Redner hören und sehen kann und dann beeinflussen sollte, aber, jetzt schaue an mir runter, eine Cargohose mit ausgebeulten Taschen, barfuß in Sandalen, das Hemd ausgewaschen und nach drei Tagen Tragen sichtbar durchgeschwitzt, knitterig und die beiden Brusttaschen genau so ausgebeult wie die Taschen der Hose, in der linken eine Sonnenbrille und in der anderen ein dicker Stadtplan. Jetzt wäre zwar die Gelegenheit, meine tausendmal durchdachten Pläne zu verwirklichen, in den Saal zu gehen, warten bis sie, die Vertreter der Völker, kommen und dann mit einer klaren Aussage, mit der Kraft meiner gebündelten Gedanken, nicht bittend, sondern in diesem Falle befehlend, einen Neubeginn in diesem Hause anzukündigen, meine Überlegungen einem Redner, der gerade das Rederecht hat, vortragen zu lassen. Die einzelnen Punkte muss ich durch ihn erläutern. Vor allem, dass in diesem Haus eine einfache Mehrheit genügt, um Beschlüsse zu fassen.
Zum Beispiel beim Beginn eines neuen Krieges irgendwo auf der Welt. Es wird eine UNO Schutztruppe, bestehend aus Militärpolizei aus allen Ländern dieser Welt ins Krisengebiet entsandt, in den Nachbarstaaten stationiert, um dann in die kriegführenden Staaten einzumarschieren. Wird diese Schutztruppe angegriffen, ist es, als würden alle Staaten dieser Welt angegriffen, und dann würde sich diese Welt zu verteidigen wissen, aber parallel wird hier in der UNO verhandelt und zwar nach meinen Vorstellungen. Drei vom Volk besonders ausgewählte Personen aus jedem Staat der Erde, edle Menschen, Philosophen, Nobelpreisträger, große Denker, aber auch ein Berufspolitiker sollte dabei sein, diesen 600 edlen, aufrichtigen, verantwortungsvollen, nur ihrem

Gewissen folgenden Personen wird hier in der Vollversammlung der Konflikt vorgetragen, und diese ehrenwerten Menschen diskutieren darüber und entscheiden sich mit einer einfachen Mehrheit, meiner Meinung nach auf jeden Fall gegen einen Krieg und für eine diplomatische Lösung, die auch hier, von den hier in den vereinigten Nationen akkreditierten weisen Vertretern der Völker, gefunden werden sollte.
Diese Lösung ist dann verbindlich und muss von den rivalisierenden Staaten akzeptiert werden. Verhandelt wird parallel hier in der UNO weiter, dieser Krieg wird nicht beginnen können, er ist von vornheraus aussichtslos. Wo die Menschenrechte massiv missachtet werden, greift die UNO-Schutztruppe ebenfalls ein, ausgerüstet mit einem massiven Mandat der edlen, weisen, gerechten und unabhängigen Vertreter der Völker dieser Welt, um dann unabhängigen Menschenrechtlern aus aller Welt Gelegenheit zu geben, diese Vorwürfe zu untersuchen. Waffengewalt wird in jedem Fall vermieden. Vergleichbar mit der Polizei in Deutschland, ohne Schusswaffen der Situation Herr zu werden. Ihre Autorität und Stärke ist ein klares Mandat hier aus diesem Hause, verbunden mit einer weltweit öffentlichen, gänzlich ohne Zensur geführten, ehrlichen Berichterstattung, dazu sollten sich die Völker im Voraus verständigen. Nun könnte man sagen, Interessengemeinschaften schließen sich zusammen und das gerechte Bild wird wieder verzehrt, das ist durch die richtige Zusammensetzung der Personen in der Vollversammlung fast unmöglich gemacht. Es wird einige wenige geben, die sich kaufen lassen, aber die überwiegende Mehrheit wird wirklich nach ihrem Gewissen und zum Wohle der Menschheit abstimmen. Es sind eben ausgewählte Leute, die sich schon vorher mit Ethik, Tugend und vor allen Dingen mit Menschenrechten beschäftigt haben, die sich nicht biegen lassen, weil das ihr angestrebtes Ziel ihres Lebens, ihr erarbeitetes Gut zerstören würde. Alle hier in der UNO anwesenden Persönlichkeiten sollten so unabhängig sein, dass sie mit keinem Geld dieser Welt zu kaufen sind.

# Hohe Ehre

Es ist die höchste Ehre, in dieses Gremium berufen zu werden, es ist mit dem Nobelpreis zu vergleichen. Hier der Welt gedient zu haben, verbunden mit einem ordentlichen Salär, wird die Wahrscheinlichkeit gegeben, der gesamten Menschheit zu dienen und nicht nur dem eigenen Volk. Sie werden zu Kosmopoliten, die ausschließlich das Wohl aller Menschen vor Augen haben. Ich bin davon überzeugt, dass das Zusammenspiel dieser edlen Menschen schon nach kurzer Zeit Früchte tragen wird. Die Evaluierung ihrer ersten Beschlüsse werde zeigen, dass das Elend auf dieser Welt kleiner geworden ist, und das wird sie anspornen, auch die kleinen, aber auch sehr arbeitsreichen Probleme anzupacken und somit in kurzer Zeit  der Menschheit zu zeigen, es geht auch ohne Krieg und Gewalt. Es wir immer Verlierer geben, aber diese Gruppe kann man in einem sozialen Netz auffangen, denn wenn keine Waffen mehr gebraucht werden, wird das Geld, es sind weltweit 900 Milliarden Dollar im Jahr, was früher zur Zerstörung gebraucht wurde, wird nun zum Verbessern der Lage in den Krisenfällen eingesetzt, und es werden gewaltige Überschüsse da sein, die zusätzlich verteilt werden, um die Problemgebiete zu festigen. Wie wir aus der Vergangenheit wissen, werden die Glaubensfragen einen hohen Stellenwert haben. Hier muss es ein Abkommen geben, das wie folgt aussieht: Für eine bestimmte Zeit wird das Missionieren einer Glaubensrichtung ausgesetzt. Der Status Quo ist bindend bis die Welt begreift, dass die Religionen nebeneinander gelebt werden können, nun wird der Terror, der aus fatalistischen, glaubensbedingten Beweggründen begangen wird, einfach kriminell verfolgt. Kein Eingreifen der UNO in Einzelfällen, das ist dann Sache der einzelnen Völker, mit ihrer Polizei vorort.
Wird dieses Land aber mit der Bewältigung des Terrors nicht fertig, greift die UNO ein, gewaltig in ihrer manpower, aus-

gestattet mit den besten kriminalistischen, technischen Möglichkeiten, mit den neuesten Kommunikationsmethoden, und daher sofort zum Einsatz weltweit fähig. Es wäre undenkbar, noch irgendwo Terroristen auszubilden; die Gewaltszene ist dann transparenter und kann nicht von einzelnen Staaten als Vorwand für einen Krieg benutzt werden. Bei einem Serienkiller ausländischer Herkunft wird ja auch nicht gleich sein Land mit Panzern angegriffen. Die Terrorszene lässt sich kriminaltechnisch lösen, eine ganz entscheidende Aussage. Wir dürfen nicht in alten Bahnen weiter denken, wir müssen eine neue Welt schaffen, eine Welt, wo alle Menschen die gleichen Rechte haben. Es wird für einige ein Weniger an Macht und Geld bedeuten, aber für die meisten ist es ein Ankommen in einer Gesellschaft, von der ich des Öfteren geträumt habe. Wir müssen das Zusammenleben der Menschheit auf unserer Erde mit einer klaren, schnörkellosen Sprache definieren und uns dann auch daran halten. Nahrung ist genügend vorhanden, es ist nur eine Frage der Verteilung.

Die Energieressourcen werden einfach gerecht verteilt. Die großen Krankheiten werden von Instituten, die der UNO unterstellt sind, erforscht und geheilt. Die Umwelt wird geschützt in dem man die Probleme auf jeden Menschen mit einem Faktor umlegt und somit für jeden Menschen ganz individuell seine Verantwortung offenlegt. Ein weiteres Problem muss noch durchdacht werden, um die Zukunftsfähigkeit unserer Erde zu gewährleisten. Die Überbevölkerung, das heißt, die gewaltig zunehmende Zahl der Menschen auf unserer Erde. Das Funktionieren der einzelnen Staaten mit den über 7 Milliarden Menschen wäre von hier aus, aus der UNO kontrollierbar, aber das in diesem Tempo Anwachsen der Menschheit muss gestoppt werden,  aber vorher genau und effizient durchdacht werden.

Da fällt mir so gar keine Lösung ein. Noch einmal wäge ich alle Möglichkeiten und Unmöglichkeiten miteinander ab.

Wenn nun meine Fähigkeit entlarvt wird und ich mich hier, in der neuen Zentrale der Macht nicht mehr frei bewegen und denkend Befehle erteilen kann, wenn die Zeit zu kurz ist und ich vorher entdeckt werde bevor ich die UNO von den selbstsüchtigen Politikern befreit habe und ich die Leute einsetzen kann, die ich als edle und aufrichtige Menschen bezeichne, allein das Prozedere in den vielen Staaten, diese auszuwählen, englisch sollten sie sprechen, abkömmlich sollten sie sein, dann die Logistik, sie hier her und unterzubringen. Der Schutz dieser Menschen muss gewährleistet sein, denn die Mächtigen dieser Welt verlieren durch sie den Einfluss, die Welt auf ihre Weise zu beherrschen, sie würden keine Könige mehr sein und keinem so gewaltigen Hofstaat mehr vorstehen. Gleichzeitig den Aufbau der Blauhelmschutztruppe gewaltig voranzutreiben, denn diese internationale Truppe wäre die einzige Gewähr, die Beschlüsse der nun neuen Mitglieder in der Vollversammlung umzusetzen. Haben das nicht auch schon andere versucht, ich denke an das Jahr 1516, wenn man mein Vorhaben mit dem des T. Mores beim Verbessern der Zustände unter der Gewaltherrschaft des Königs Heinrich des VIII. vergleicht, und ich bin Thomas Morus, dann endet dieses Abenteuer mit meinem Tod. Denn er hat zuerst die Missstände im eigenen Lande gegeißelt, womit ich auch beginnen will, um dann als strahlendes Gegenbild den Musterstaat vorzustellen, oder besser gesagt, eine gerechte Welt. Wir aber brauchen nicht einmal ein Utopia, eine Insel irgendwo wie Thomas Morus sie sich vorgestellt hat, nein, wir brauchen nur eine Welt ohne Krieg, falsche Bevormundung der Mächtigen. Wir haben eine über 3000-jährige Kultur, gefestigte Sitten, im Ursprung liberale Religionen, wir brauchen lediglich eine Verlagerung der Macht aus den Händen der Bösen, der Diktatoren und Psychopathen in gute Hände, in die Hände der Guten in dieser Welt.
Den Krieg verbannen und die damit verbundene Kriegsmaschinerie, dafür die Diplomatie einsetzen, die Ausbeutung

der Kleinen durch die Großen über neue Sozialgesetze verhindern. Dem barbarischen Strafrecht, wie Folter, Entwürdigung und Unterdrückung einfach eine Absage erteilen. Das Erziehungswesen wird die Chancengleichheit anstreben und, weil alle arbeiten, wird die Arbeitszeit immer kürzer und in den dann gewonnenen Freiraum steht die Bildung und auch eine ewige Weiterbildung an erster Stelle. In der Staatengemeinschaft steht das Gemeinwohl vor dem Privatvorteil und somit wird die in Not geratene Minderheit von der Gesamtheit versorgt. Von nun an keine stringente Missionierung der eigenen Religion. Über allem steht aber die Gewissheit, für das eigene Auskommen und das der Menschen weltweit wird gesorgt, durch gerechte Verteilung der Ressourcen. Es wird immer Speicher geben, die in der guten Zeit gefüllt werden und in Notzeiten an die verteilt, die im Moment in Not geraten sind. Ich bin de facto, gedanklich, auf dem Weg zur Weltgesellschaft, aber ich habe noch keinen ganz genauen Begriff von ihr.


## Platon


Philosophen und Politiker können gar nicht anders, sie reden aneinander vorbei. Philosophen sind an Fragen interessiert, Politiker an Antworten. Philosophen wollen der Wahrheit möglichst nahe kommen, Politiker der eigenen Wählbarkeit. Was können jene Philosophen, Pazifisten, Menschenrechtler und ehrwürdigen Weisen, die hier dann sitzen und die Welt lenken sollen, schon ausrichten, die Welt muss ihnen auch zuhören. Dieses Haus braucht intellektuelle Krisenreaktionskräfte um im Falle von plötzlich auftretenden Kriegs- und anderen Katastrophen spontane Antworten zu geben. Dieses Haus braucht gelernte Politiker, so dass die Philosophen diese hinsichtlich der technischen Möglichkeiten des Friedenerhalts und Friedenmachens zu Rate ziehen können,

die Philosophen sollen auch nicht vor den Aussprüchen der Juristen den Vorzug eingeräumt bekommen, sondern dass man sie höre und sie hinsichtlich der Friedensstiftung reden lasse. Der Jurist, der die Waage des Rechts und nebenbei auch das Schwert der Gerechtigkeit sich zum Symbol gemacht hat, bedient sich gemeiniglich des letzteren, um die Schale der Gerechtigkeit sinken zu lassen, (vae victis). Doch die größte Versuchung der Juristen ist, vorhandene Gesetze anzuwenden, nicht aber, ob diese selbst nicht einer Verbesserung bedürfen. Die philosophische Fakultät steht unter dieser verbündeten Macht auf einer sehr niedrigen Stufe, so heißt es von der Philosophie, sie sei die Magd der Theologie, oder man sieht es nicht so recht, ob sie ihrer gnädigen Frau die Fackel voran trägt oder die Schleppe nachträgt. Dass Könige philosophieren, oder Philosophen Könige werden, ist nicht zu erwarten, aber auch nicht zu wünschen, weil der Besitz der Gewalt das freie Urteil der Vernunft unvermeidlich verdirbt. Dass aber Völker ihre Philosophen nicht schwinden oder verstummen lassen, sondern öffentlich sprechen lassen, ist beiden zur Bewältigung ihrer Arbeit unentbehrlich. Die Beratungen hier in diesem Hause dürfen nicht hinter verschlossenen Türen stattfinden, ihre Verfahren müssen transparent sein und dürfen keine Einstimmigkeiten erzwingen, sondern müssen Widersprüche und Minderheitenpositionen sichtbar machen. Philosophen sollen, wie gesagt, keine Entscheidungen fällen, das ist Sache aller Akkreditierten hier im Haus, aber durch moralische Gesetzgebung, das heißt, menschenvernünftige Lösungen schnell möglich machen. Sie dürfen nicht der Versuchung erliegen, vermeintliche Wahrheiten durchzusetzen. Unabhängigkeit und Glaubwürdigkeit sind darum Grundvoraussetzungen.
Der moralische Politiker kann einen Frieden stiften, der ein ewiger, vom Rückfall in den offenen oder latenten Kriegszustand nicht mehr bedrohter Friede ist. Auch der Mechanismus der Natur, so der Handel mit verschiedenen Staaten,

dieser Handelsgeist, kann mit dem Kriege nicht zusammen bestehen, und früher oder später sich jedes Volkes bemächtigt, hilft die selbstsüchtigen Neigungen so zu harmonisieren, dass ihr Widerstreit das Zusammenleben nicht nur nicht zerstört sondern fördert. Auch ist eine republikanische Verfassung die einzige, welche dem Recht der Menschen vollkommen angemessen, aber auch die schwerste zu stiften ist, dermaßen, dass viele behaupten, es müsse ein Staat von Engeln sein, weil Menschen mit ihren selbstsüchtigen Neigungen einer Verfassung von so sublimer Form nicht fähig wären.

Hunger, nein, der Durst ist es, der mich aus meinen Gedanken reißt, der mich in die reale Welt zurück befördert. Zuerst brauche ich etwas zu essen und dann eine Shoppingmail, um einen Anzug, ein Hemd, Schuhe und vor allen Dingen eine Krawatte für meinen nächsten Besuch und eventuellen Auftritt, hier in diesem Hause, zu kaufen. Bis zum Treppenhaus sind es nur wenige Meter, dann zwei Stockwerke nach unten, die große, lichtdurchflutete Eingangshalle ist schnell durchquert und schon stehe ich auf dem, von einem riesigen Zaun umgebenen Vorplatz. 196 Fahnen, Fahnen aller Nationen wehen an hohen Fahnenmasten, die in einem gewaltigen Rund um das UN Gebäude aufgestellt sind. Auf der anderen Straßenseite ragen die riesigen gläsernen Wolkenkratzer in den Himmel und in den verspiegelten Fassaden kann man das gigantische UN-Gebäude, die vielen Fahnen und die Schiffe auf dem dahinter fließenden East River als Spiegelbild sehen und so dem Betrachter alles noch viel mächtiger, viel größer und eindrucksvoller erscheinen lässt, als es schon ist.

Ich gehe in das erst beste Restaurant, es ist ein Italiener, und bestelle mir eine Pizza, eine Margherita mit Tomate, rot, Mozzarella, weiß und dick belegt mit hellgrünen Basilikumblättern, dazu einen viertel Liter roten Wein, und wenn der Hunger groß ist, der Ober italienisch singt und der Vesuv als Großbild an der Wand hängt, dann schmeckt auch hier in NY die Margherita wie in Paestum, wo ich die beste Pizza meines Lebens gegessen habe. Mir fiel schon in meinem kleinen Hotel die internationale Zusammensetzung der Gäste auf, genauso in diesem Lokal, an jedem Tisch eine andere Nationalität. Ein weltweites Sprachengewirr, aber wenn man genau hinhört, ist die englische Sprache die Kommunikation zwischen den vielen Tischen. Eine bemerkenswerte Erkenntnis für mich. An erster Stelle die Landessprache und darüberhinaus für alle Menschen auf dieser Welt, als Pflicht die englische Sprache als Zweitsprache. Es gäbe kein kommunikatives Problem mehr. Alle Menschen sprechen neben der eigenen, eine gemeinsame Sprache. Ist dieses Lokal nicht ein Vorbild für die ganze Welt, an jedem Tisch der Lokalpatriotismus und im ganzen Raum die Völkerverständigung.

Der Anzug, das Hemd und eine Krawatte, schwarze Schuhe und eine billige Aktentasche sind schnell gekauft. Der Verkäufer, ein Chinese, war mit meinem Äußeren sehr zufrieden. Er lobte den Sitz und die Farbzusammenstellung, weißes Hemd, dezent grünlich gestreifter Binder und ein einfarbig dunkler Anzug. Er sah in mir einen Banker von der Wall Street, gesagt aber hat er nichts, nur seine Verbeugungen beim Verabschieden waren doch sehr, sehr tief, Respekt, oder sollte ich wiederkommen?

Im Hotel vor dem Spiegel gefalle ich mir auch. Mein glatter neuer Anzug und das neue Hemd kommen auf einen mitgegebenen Bügel in den Schrank und müssen dort im Dunklen auf ihren großen Auftritt noch einen Tag lang warten. Ich lege mich aufs Bett und gehe mein heute Erlebtes noch einmal durch. Technisch wird es möglich sein, ins Haus, auch in den Vollversammlungsraum, zu kommen.

## Krieg

Vor 55 Jahren, am 6. August 1945, fielen auf die Städte Hiroschima und Nagasaki die ersten Atombomben und richteten damit ein bis dahin unvorstellbares Grauen an. Außer den

Tausenden, die direkt starben, sterben und leiden die Bewohner und ihre Nachkommen noch heute aufgrund der genetischen Schäden. So taste ich mich gedanklich immer weiter. Deutschland lag in Schutt und Asche. Schon 1943 wurde bei einem drei Tage andauernden Bombenangriff auf Hamburg unsere Wohnung, die ganze Straße, in der wir lebten und der Stadtteil Barmbek ausgebombt. Da wurden meine Eltern und ich evakuiert und landeten nach einer langen Odyssee in einem kleinen Dorf. Hier erlebte ich die letzten zwei Kriegsjahre. Ich war zu diesem Zeitpunkt 7 Jahre. Im Gegensatz zu meinen Großeltern und Tanten, die auch in diesen Bombennächten ihre Wohnungen verloren, aber in Hamburg Unterschlupf fanden, hatten wir auf dem Lande immer zu essen. Wir lebten abseits des Dorfes auf einem Bauernhof mit einer Wassermühle, die der kleiner Fluss Jeetze antrieb. Hier wurde das von den umliegenden Bauern gebrachte Getreide zu Schrot, als Futter für die Tiere oder Roggen und Weizen zu Mehl für Brot und Kuchen gemahlen. Mein Vater löste sich mit dem Besitzer des Hofes, der auch gleichzeitig Müller war, im Mühlenbetrieb ab, denn wenn die Jeetze genügend Wasser hatte, wurde Tag und Nacht gemahlen. Alle Stunde war ein Sack voll Getreide geschrotet und musste vom hölzernen Einfüllstutzen abgeklemmt werden und ein neuer angebracht werden, so ging es die ganze Nacht und jeden Tag des Jahres.

Die beiden Müller, also mein Vater und der eigentliche Müller, kannte ich nur ganz in weiß, Hemd und Hose, selbst das Gesicht und die Hände waren, wie ich mich noch sehr genau erinnern kann, auch beim Essen und auch beim Schlafen weiß. Ja, beim Schlafen konnten wir alle zuschauen, denn einer von den beiden lag immer auf einer Liege in der Wohn-Eß- und Aufenthaltsstube, und wie ich mich noch erinnern kann, schnarchend.

Auch wurde heimlich mit der Wasserkraft Raps durch eine, damals nicht erlaubt, selber erdachte und gebaute, wie ein

Fleischwolf aussehende Maschine gepresst, um so Rapsöl zu gewinnen und den Mangel an Fett ein wenig zu überbrücken. Dieses Öl wurde mit etwas Salz und sehr viel Zwiebeln in zwei Tellern auf den großen Wohnstubentisch gestellt und meine Mutter, die für die ganze Belegschaft kochte, schüttete nun einen riesigen Topf Pellkartoffeln auf den Eichentisch, jetzt wurde die halb durchgebrochene Kartoffel auf eine Gabel gespießt und in das Öl getaucht, wir haben es alle gern gegessen.

Wir, das waren der Bauer mit seiner Frau und seinem Sohn, der etwas älter war als ich, meine Eltern, ein Knecht, 6 weitere Evakuierte, alle aus Berlin, und vier russische Kriegsgefangene. Meine Mutter hatte alle Händevoll zu tun, diese große Gesellschaft satt zu kriegen. Hinter der Hauptmahlzeit Pellkartoffeln gab es ebenfalls in zwei riesigen Schüsseln, schon zwei Tage zuvor angesetzte Dickmilch, meistens mit einer dicken Schicht toter Fliegen darauf, die aber nicht abgefischt, sondern nur zur Seite geschoben wurden.

Die Russen, aber auch mein Vater, pellten die Kartoffeln nicht, sie aßen die Schale mit, aber die anderen hatten am Ende der Mahlzeit einen kleinen Berg Pelle vor sich liegen, es war nun meine Aufgabe, diese Schalen den Kaninchen in ihren Ställen hinter dem Schweinestall zu bringen. Mit einer Emailleschüssel unter dem Arm ging ich über den Hof, öffnete die aus rohen Brettern gezimmerte Tür und wich wie an jedem Pellkartoffeltag, 6 Jahre lang, erschrocken zurück, denn vor mir im Stall waren hunderte von Ratten genauso erschrocken wie ich, sie saßen auf den oberen Balken der Schweinekojen, unten in den Schweinetrögen, und das kratzende Geräusch der erschreckt weglaufenden Ratten werde ich in meinem Leben nie mehr vergessen.

Was ich aus dieser Zeit auch noch stark in Erinnerung habe, sind riesige Furunkeln am ganzen Körper, deren Narben noch heute nach 60 Jahren sichtbar sind, diese waren wohl einer falschen oder doch einer Mangelernährung zuzuschreiben.

Lebhaft kann ich mich an die Schule in dieser Zeit erinnern, alle Kinder des Dorfes in einem Raum, von der ersten bis zur achten Klasse, der Unterricht wurde von nur einem Lehrer erteilt. Von den Eltern seiner Schüler wurde unser Lehrer reihum zum Essen eingeladen und er war somit auch bei uns in der Mühle oft zu Gast. Viel gelernt haben wir wohl nicht in dieser Kriegs- und Nachkriegszeit. Schon vor der Schule musste ich Milchkannen auf einem kleinen dreirädrigen, gummibereiften Milchkarren, der von zwei Hunden gezogen wurde, von uns aus der Mühle ins Dorf transportieren, dort wuchtete ich die schweren Kannen auf eine Rampe, von der sie der Molkereiwagen abholte. Direkte Erinnerungen aus der Zeit, an den Krieg, waren die gewaltigen Bomberverbände, die über uns silbrig hinweg zogen, silbrig vielleicht, weil sie Stanniolstreifen abwarfen, die von uns Kindern leidenschaftlich gesammelt wurden und wir uns kindlich naiv über diese silbernen Streifen freuten, aber nichts ahnend von dem gigantischen Vernichtungspotential, das die Flugzeuge bei sich trugen.

Doch wenn ein Bomber oder Begleitjäger abgeschossen wurde oder notlanden musste, und auch wir Kinder mit zur Absturzstelle genommen wurden, habe ich im Nachherein vom Hörensagen zwiespältige Erinnerungen, zum einen ein gewaltiger Fundort für die kindliche Leidenschaft, Kriegsmaterial zu sammeln, Munition, Wrackstücke Uniformteile, Schutzbrillen und einmal eine Bomberjacke, blutverschmiert, das ist mir wirklich so in Erinnerung geblieben. Zum anderen die von uns Kindern auch schon damals als eine brutale, unmenschliche Vorgehensweise mit anzusehen, wie zuerst die Piloten und Besatzungsmitglieder von den herbeigeeilten Bauern, Soldaten und Polizisten aus dem Flugzeugwrack gezerrt und auf den Wiesen oder auf dem Acker, wo das Flugzeug abgestürzt war, abgelegt, um dann ihr eigentliches Vorhaben schnellstens zu beginnen, das Flugzeugwrack zu plündern. Es wurde herausgebrochen und losgeschraubt, was noch brauchbar war, und selbst die Leichen wurden gefleddert, ihrer Gürtel, Schuhe, aber auch ihrer Kleidung beraubt. Begehrt waren die am Flugzeug zusätzlich angebrachten Benzintanks, die aufgeschnitten eine gute und haltbare Rindertränke ergaben. Alles fand Interesse, selbst englisch beschriebe Zettel, Bücher, Marken und Zeichen, auch die Essennotration der Flieger wurde mitgenommen. So sah der Krieg aus örtlich eingeschränkter Sicht eines Kindes aus, aber etwas ist einige Jahre später hinzugekommen, das Zusammendenken der Dinge, die man als Kind gehört und gesehen, aber zu dem Zeitpunkt nicht verstanden hat, die unheimliche Grausamkeit des Krieges. Das Töten, die Vergewaltigungen, die offen zu Tage tretende Rohheit der Eroberer, nicht nur den gegnerischen Soldaten, nein, gerade den eigenen Landsleuten gegenüber, da wurden die russischen Kriegsgefangenen als Deserteure bezeichnet, geschlagen, verschleppt und unter furchtbaren Bedingungen eingekerkert, diese glaubten doch, sie werden von ihren Leuten befreit.

Das Niederbrennen von Häusern, das willkürliche Abschlachten von Tieren, das Fischen mit Handgranaten, das Rauben und Plündern, und dann die Gegenwehr, da wurden die Menschen zu Bestien. Weiß ich, was mein Vater gemacht hat oder machen musste, um uns zu beschützen, denn wir lebten mit einer kleinen Anzahl von Menschen einsam, fernab vom Dorf, das selber nur eine handvoll Bauernhöfe umfasste, in einer, hinter einem Wald abgelegenen Mühle.

Ich kann mich noch genau an das Altenteil neben dem Schweinestall erinnern, dieser Gebäudeteil wurde bei einem Raubüberfall auf die Mühle unsere letzte Zuflucht. Fenster und Türen waren zugemauert, über eine Bodenklappe stieg man in die beiden kleinen Zimmer ein. Draußen war dann das suchende Getrampel und dann das ruckartige Angaloppieren der Panjepferde zu hören, aber in noch unheimlicher Erinnerung sind mir die Worte von Herrn Adler, der am Ausguck stand, einem kleinen Loch in der Wand, wenn er die Russen zählte, es sind heute fünf, zwei ganz nackend, nur mit einer Maschinenpistole umgehängt, der eine in Hemd und Hose war gestern schon einmal hier, ich erkenne das Panjepferd wieder, es ist braun weiß gescheckt, ganz anders als die anderen vier einfarbig braunen Pferde. Ich bin dann irgendwann eingeschlafen und am nächsten Morgen in meinem Bett im Haupthaus aufgewacht.

Eine Geschichte, die mir bestimmt viel später erzählt wurde, habe ich bis heute nicht vergessen. Es war eine Mutter aus dem Nachbarort, deren Mann an der Ostfront fiel, und genau am selben Tag, als sie diese schreckliche Nachricht erreichte, wurde ihr einziger Sohn eingezogen. Er schrieb viele Briefe an seine Mutter und darin trauerte er um seinen Vater und sie in ihren Briefen um ihren Mann. Eines Tages kam kein Brief mehr, es kam überhaupt kein Brief mehr. Von seinen Kameraden hörte sie, wie seine Kompanie abgeschnitten wurde und er unter schlimmsten Bedingungen, ohne Nahrung wochenlang in einem kalten Bunker aushielt, um dann doch durch Panzergranaten in die Luft gesprengt zu werden. Als die Mutter das hörte, legte sie sich nicht mehr ins Bett, sondern in der Küche auf den Terrazzoboden, ohne Decke, ohne alles, nur das Reiterbild ihres über ein Hindernis springenden Sohnes, in einem silbernen, abgegriffenem Rahmen vor sich aufgestellt. Jeden Morgen stand sie auf und verrichtete wie im Trance ihre Arbeit, wusch ihre Wäsche, ihre selbstgenähten, nicht mehr ganz weiß zu kriegenden Damenbinden und die Hemden und Hosen der Kriegsgefangenen, kochte Essen, doch eines Tages kam Peter, ein russischer Kriegsgefangener, in die Küche um nach ihr zu sehen, da lag sie da und war tot und man erzählte weiter, dass er sie hoch hob, sie in das eheliche Bett legte und weinte. Auf dem Nachttisch stellte er den abgegriffenen, silbernen Rahmen mit dem Reiter.

Ich will nicht von Dingen erzählen, die ich erst später in künstlerisch aufgemachten Kriegsbüchern gelesen habe, es ist soviel über Krieg geschrieben, das man vorsichtig sein muss, dieses Grauen nicht zu ästhetisieren, gerade weil der Begriff der Ästhetik heutzutage derart inflationär in der Literatur verwendet wird. Hält man zumindest teilweise an einer Deutung der Ästhetik als einer Lehre vom Schönen fest, stößt man, so meine These, bei Kriegsbüchern schnell auf eine Paradoxie. Einerseits wird im Buch dieses Genres an sich Ungefälliges, Abstoßendes, Grauenvolles, unter anderem das Böse und Hässliche, thematisiert, andererseits wird es zugleich bewusst ästhetisiert, das heißt in einen ästhetischen Kontext gebracht und kann vom Rezipienten schließlich tatsächlich positiv ästhetisch wahrgenommen werden. Es ist nicht meine Absicht, eine schöne Kriegsgeschichte zu schreiben, ich will hiermit nur aufzeigen wie lang mein Weg ist, um selber zu begreifen, was gut oder böse ist, und das Nachdenken und Recherchieren soll an dieser Stelle noch nicht zu Ende sein. Ich will die Welt nicht mehr verändern, das habe ich jetzt eingesehen. Viele, große Namen haben darüber nachgedacht und geschrieben.

Im Internet habe ich gestern Abend gegoogelt und das Wort Frieden eingegeben. Bei dem Buch Friedensvorstellungen von der Antike bis zur Gegenwart bin ich hängengeblieben, auf über dreihundertfünfzig Seiten Weltverbesserungsvorschläge von Denkern, Gelehrten, Politikern, Staatsoberhäuptern und Philosophen, aber leider wohl auch von einigen, die nicht zu Ende gedacht haben. Es sind große Namen, Platon, Aristoteles, Francis Bacon, Augustinus, Foucault, Immanuel Kant und, Dante Alighieri, Karl Marx, Friedrich Engels und noch 3 bis 4 eng beschriebene Seiten mit Namen, die alle eine Friedensvorstellung hatten, also ist das Suchen nach einer Friedensidee so alt wie die menschliche Geschichte. Ich will aber nicht in einer späteren Auflage als Friedenssucher meinen Namen hergeben, nein, ich will in dem Geschichtsbuch dieser Welt einen

Platz bekommen, dort soll stehen, er hat sich mit Erfolg auf die Abschaffung des Krieges spezialisiert und über viele Jahre die Auseinandersetzungen mit Waffen verhindert.

Nun will ich nur noch eins, meine Gedankenkraft, meine Macht, hier in der UNO, in einer Vollversammlung des Sicherheitsrates einsetzen, um zukünftige Kriege zu verhindern, ich will hier keine neue Utopie, keine Traumwelt, kein eigenes Weltbild verkünden. Darüber geredet und nachgedacht haben schon viele und es ist ja auch schon viel und Gutes erreicht, nur die Kriege, aus welchen Gründen auch immer, die geführt werden, hat man bis heute nicht verhindern können. Ich will, und das wird mir immer klarer, mit meiner Möglichkeit, die ich auf dem Melkweg zum ersten Mal bemerkte, und nun nach diesen grausamen Kriegserinnerungen erst recht, ich will einen Versuch unternehmen, dieser Welt das Grauen eines Krieges zu nehmen. Ich bin davon überzeugt, dass alle Menschen dieser Erde mich unterstützen würden wenn man sie nur ließe. Wenn nicht die Herrscher der Staaten, es sind die Regierungschefs, meistens frei gewählte Politiker, die mit ihren gekonnt rhetorisch verführerischen Reden dem Volk etwas vorgaukeln und dabei den Boden für einen neuen Krieg vorbereiten. 900 Milliarden Dollar werden im Jahr für Rüstung ausgegeben, eine unvorstellbare Menge Geld, diese Summe würde reichen, die Armut und somit den Hunger auf der ganzen Welt zu beseitigen, die gewaltigen und immer größer werdenden Flüchtlingsströme, oft durch Kriege verursacht, mit ihrem unendlichen Leid, zu stoppen.

Wir brauchen Tomas Muros Utopia nicht, irgendwo unerreichbar eine Insel mit idealen Bedingungen. Er hat es, wie wir nachlesen können, aus seiner humanen Sicht in einer verzweifelten Lage geschrieben. Der Hof, das heißt der König, lebte in einem unvorstellbaren Überfluss und das Volk darbte, wurde geknechtet, hungerte und Muro wollte durch seinen Roman Utopia, diesem Herrscher seine Vorstellung, von einer guten Welt aufzeigen, er wurde geköpft. Er war der erste, der das Wort Utopie benutzte, ein Zukunftstraum, ein Phantasiegebilde, entweder auf einer Insel Irgendwo, in weiter Zukunft, oder eben nur ein Wunschbild.

Wir brauchen kein Utopia, wir leben schon auf dieser Wunschinsel. Alles was wir brauchen ist vorhanden, ausreichend Nahrung für alle, ein geregeltes Leben durch Gesetze, das Ausleben der eigenen Religion, Kultur, Bildung und das Ganze wird durch ein soziales Netz zusammengehalten, nur es leben noch nicht alle in diesem, in unserem Utopia. Es wird auf der einen Seite wie am Hofe König des VIII. gelebt und die andere Seite darbt. Wie wir wissen, wurde damals, leider auch heute noch, diese Ungleichheit, durch Kriege aufrecht gehalten. Die Stärkeren haben die Weltherrschaft und drohen denen, die auch dahin wollen, mit Krieg, aus welchen Gründen auch immer, und mit neuen, immer schlimmeren und grausameren Waffen.

Die Supermächte müssen von einer noch darüber stehenden Macht abgelöst werden. Es werden die Vereinigten Nationen sein, wenn ich den Mut habe, endlich mit dieser Veränderung anzufangen. Wie? Auf keinen Fall darf ich den Frieden, das friedliche Zusammenleben der Völker durch den bellum iustum, den gerechten Krieg, erkämpfen. Ich will Gewalt durch Macht ersetzen, leider hat Immanuel Kant den französischen Begriff der séparation des pouvoirs wie ihn Montesquieu formulierte, nicht mit Machtteilung sondern mit Gewaltenteilung übersetzt, mit der Folge, dass bis heute die Funktionen der Gesetzgebung Legislative, Regierung, Exekutive und Rechtsprechung Judikative einerseits, sowie kriminelle, politische und strukturelle Gewalttätigkeit andererseits mit ein und demselben Wort bezeichnet werden, Gewalt. Gewaltenteilung müsste Machtteilung heißen. Auch der Begriff Pazifismus muss an dieser Stelle einmal genau definiert werden, denn es gibt den ursächlichen und einen Reformpazifismus. Der Begriff Pazifismus wurde 1901 von Emilie Arnaud geprägt und bürgerte sich bei den Anhängern der Friedensgesellschaften schnell ein, doch eben so schnell wurde er von der bürgerlich nationalen Presse als Diffamation eben dieser Pazifisten als Landesverräter benutzt. Eine wichtige Begriffsklärung nahm Alfred Fried vor: „Der ursächliche Pazifismus, der die Mittel zum Kriege, die Aufrüstung, also die 900 Milliarden Rüstungsausgaben im Jahr verhindern möchte, und auf der anderen Seite, der Reformpazifismus, der nur ein Ergebnis wandeln will, eine Folge beseitigen, ohne ihren Ursachen an den Leib zu gehen.

Die Ursachen der Kriege liegen aber in der Anarchie der zwischenstaatlichen Beziehungen, die notgedrungen die Gewalt als Regulator bedingt. Da die Beseitigung einer Wirkung ohne Beeinflussung der Ursache nicht möglich ist, so geht er Kompromisse ein. Er sucht die Folge nach Möglichkeit hinauszuschieben, ihr Wesen für den Fall ihres Eintritts zu mildern. Das heißt, er sucht den sogenannten Frieden zu fristen, den Krieg zu humanisieren. Der Reformpazifismus erklärt den Krieg als ein Element der göttlichen Weltordnung oder als Naturgesetz, gegen das nicht angekämpft werden kann und sucht ihn sogar als nützlich hinzustellen. Reformpazifistisch ist daher die gesamte Friedensbetätigung der zeitgenössischen Staatskunst, der Staatsoberhäupter, Minister, Parlamentarier und Diplomaten, die allerorten nur bestrebt sind, den Frieden zu erhalten, die sich rühmen, Kriege hinausgeschoben, oder vermieden zu haben, deren ganzes Tun einfach darin gipfelt, einen Waffenstillstand zu verlängern, ohne dass sie an die Möglichkeit einer an der Wurzel rührenden Beseitigung der von allen gefürchteten Gefahr nur zu denken wagen.

Der ursächliche Pazifismus wendet sich nicht unmittelbar gegen die Folge Krieg sondern - wie schon die Bezeichnung sagt - gegen deren Ursache, er bedeutet die Überwindung des Anfangs, den Höhepunkt der Idee, deren Sieg. Meine Überzeugung ist, die auch von Martin Ceadel mitgetragen wird, dass jeder Krieg immer ein Unrecht ist und deshalb nie auf ihn zurückgegriffen werden darf, er immer ein irrationales und unmenschliches Mittel des Streitaustrags ist und deshalb seiner Vermeidung eine überragende politische Priorität eingeräumt werden muss.

So ist noch Albert Einstein zu nennen, ein überzeugter Pazifist, der dennoch die militärische Niederringung des Naziregimes befürwortete, ein robust peace keeping, so steht er ganz eindeutig im Gegensatz zum absoluten Pazifismus, der jede Form von Gewaltanwendung ablehnt.

1919 machte Thomas Mann aus seiner Erleichterung keinen Hehl. Das Epp´sche Corps ist unter großem Jubel in bester Haltung eingezogen, schrieb er am 5. Mai 1919. Ich finde, dass es sich unter der Militärdiktatur bedeutend freier atmet als unter der Herrschaft der Crapule.

Eine Pazifistin ist an dieser Stelle unbedingt zu nennen, Bertha von Suttner, die 1889 den Roman „Die Waffen nieder" veröffentlichte und der pazifistischen Bewegung zum Ausgang des neunzehnten Jahrhunderts vorstand, und Alfred Nobel, ein Kriegsverdiener, der zur Stiftung des Friedensnobelpreises anregte und diesen selbst 1905 erhielt.

Was heißt eigentlich Frieden, es gibt eine klare Antwort: Die Gerechtigkeit. Ihr Werk ist der Friede: Opus justitiae pax. Diese Antwort ist richtig, aber sie gilt nur innerhalb einer Gesellschaft, im zwischenstaatlichen Raum des internationalen Systems der Moderne versagt diese Kategorie.

Hier enden meine Gedanken und ich kommen zu dem Schluss, Gewalt kann nur verhindert werden, wenn, in Anbetracht der grausamen Kriege, die einzelnen Staaten dieser Erde einen Überstaat bekommen und alle Staaten ihre eigenen Gesetze behalten, doch lediglich die militärische Macht an die UNO abgegeben wird und dieses Übertragen der Macht in der UN-Charta festgeschrieben wird, so dass die gerechten Denker hier im Sicherheitsrat jeglichen Konflikt ohne Waffengewalt, nur mit Verhandlungen und mit natürlich daraus resultierenden Kompromissen eine Lösung erarbeiten. Man

kann ja von Experten die Kosten, die durch einen Krieg
entstehen würden, errechnen lassen und diese Summe
zur Problemlösung mit hinzuziehen, ich glaube, mit so
einer gewaltigen Summe lässt sich jeder Konflikt lösen.
Hegel sagt dazu, wenn der eine Staat sein Recht hat und
der andere auch sein Recht hat, soll der Krieg entscheiden,
welches Recht das wahre Recht ist, aber beide Teile haben
ein wahres Recht, und es war schon immer so, der Krieg
entscheidet, welches Recht dem anderen weichen soll. Der
Friede ist eben nicht unteilbar, sondern er ist, jedenfalls
als politische Zielsetzung, im höchsten Maße teilbar. Der
Versuch, ihn gegenüber anderen Gesellschaften mit Gewalt
durchzusetzen, führt notwendig zum Krieg. Der Krieg also
ist das Werk der Gerechtigkeit. Soweit Hegel.
Das Dilemma scheint also vollkommen zu sein, bis jetzt.
Ich werde einen Ausweg finden, der in meinem Kopf schon
klar durchdacht und auch schon festgelegt ist und was in
der UN-Charta schon immer festgeschrieben stand, der
Verzicht auf Gewalt, mit anderen Worten: Verzicht auf
Krieg, dafür Kompromisse, ausgehandelt von Menschen,
die einen wirklichen Überblick über das Ganze haben,
Menschenrechtler, Fachleute für die gerechte Verteilung
der Ressourcen und Menschen, die den Glauben dahin rücken, wo er hingehört, in den persönlichen Bereich und
nicht in die Hände von Menschen, die ihn missbrauchen.
Der Friede ist das Werk des Gewaltverzichts und von Kompromissen. Selbst die bitteren Lehren des Ersten und Zweiten Weltkriegs, denen binnen einer Generation 67 Millionen Menschen zum Opfer fielen, haben uns nicht kurieren
können. Der Mensch bleibt des Menschen Wolf. Mehr als
230 kriegerische Konflikte mit weiteren dutzenden Millionen Toten zählen Experten seit 1945. Der Frieden ist stets
nur eine Haaresbreite vom Krieg entfernt, ist ein fragiles
Konstrukt vor allem aus Freiheit, Toleranz und Gerechtigkeit. Es ist vielleicht die bitterste Lehre aus 10 000 Jahren

kriegerischer Menschheitsgeschichte: Dass Frieden in wei-
ten Teilen der Welt noch immer nur die Atempause zwischen
zwei Kriegen ist.

## Defensor pacis

Gleich ist es Mitternacht, und ich sitze auf meinem Bett und
denke, denke und denke. Der heutige Tag hat mich nicht
weiter gebracht, was ich gesehen habe ist alles so gewaltig,
beeindruckend. Die Kulisse von Manhattan ist nicht gerade
förderlich für mich, der etwas Weltbewegendes vor hat, ich
fühlte mich hier so klein, so ohnmächtig, so schwach und
hilflos, ich habe es mir leichter vorgestellt. Zeitweise glaubte
ich ja schon, die UNO-Mannschaft würde auf mich warten,
ein Mann mit neuen Ideen für die Abschaffung des Dunkels,
verursacht durch die vielen Kriege in dieser Welt, Abschaffung der Gräueltaten, Beendigung der Antagonismen und
dann schlussendlich, den kleinen Kindersoldaten, den Buchautor, der das Böse durch schönes Schreiben ästhetisiert,
aus meinen Alpträumen zu verbannen. Ich glaubte noch in
Hamburg, auch in Barcelona und erst recht am ersten Tag
hier in dieser lebensüberquellenden Stadt, dass ich den Mut
habe, meinen Weg zu gehen. Nachdem ich heute in dem
UN- Gebäude und in der Stadt so viel darüber nachgedacht
habe, bin ich mir fast sicher, sie werden es nicht einmal begreifen, es wird keine Möglichkeit geben, meine Vorschläge
in die Köpfe zu tragen. Ich hätte nicht so viel denken sollen,
sondern mit meiner ursprünglichen Euphorie, in meiner
anfänglichen Glücksstimmung, einfach in den Sitzungssaal
stürzen und mit meiner Gedankenbeeinflussung beginnen
sollen und vielleicht würde es ein geschichtliches Datum geworden sein, das jeder Schüler später bei Geschichtsklausu-
ren abrufbereit haben müsste. Aber hier und jetzt in einem
Hotel in New York im Bett sitzend, werde ich meine  erdachte

Vorstellung vom Frieden aufschreiben und vielleicht gibt's ja einen anderen Weg, den von der Welt vergessenen Frieden wieder in Erinnerung, in greifbare Nähe zu rücken und selbst die Amerikaner vom Defensor pacis, aber nicht durch Krieg, zu begeistern.

Morgen sieht die Welt schon ganz anders aus und ich kann dann auf ein Manuskript zurückgreifen und es schwarz auf weiß vielleicht vor der Presse präsentieren. Draußen tobt der Verkehr, ich habe das klitzekleine Fenster geöffnet, um etwas kühlere Luft, aber auch den Lärm dieser Stadt, ins Zimmer zu lassen. Unten an der Ecke springt die Ampel auf grün, ich kann es nicht sehen, aber hören, denn dann setzt sich geräuschvoll eine gewaltige Schlange gelber Taxis in Bewegung. Die Geräuschkulisse vom Nachmittag hat sich kaum verändert, es brodelt in den Häuserschluchten genau so laut wie eigentlich den ganzen Tag.

Von meinem Platz im Bett kann ich in dem Hotel auf der gegenüberliegenden Straßenseite in ein kleines Fitnessstudio mit Schwimmbecken schauen, alle Geräte sind besetzt und im Wasser tummeln sich unzählige Menschen. Auch die Fenster in den umliegenden Wolkenkratzern sind fast alle noch beleuchtet, und der Fahrstuhl, den ich vom Ende des Flures meiner Etage höre, schläft auch nicht, alle paar Minuten öffnen und schließen sich die Türen. Er hat sich wohl der Stadt angepasst, die auch nicht schlafen will oder kann. Ich sollte einmal nachsehen, ob überhaupt Menschen in den Lift ein- oder aussteigen, oder einen neuen Versuch starten, meine Gedankenkraft zu beweisen.

Vom 17. Stock eines Hotels, aus dem Bett heraus im Pyjama, ich muss lachen, aber warum auch nicht. Drüben im Fitnessstudio steht ein Bademeister am Schwimmbecken und beobachtet die Badenden, das soll mein nächster Versuch werden. Ich richte meine Gedanken auf ihn und fordere den Bademeister auf, folgende Parole auszugeben, die Badenden sollen das Becken sofort verlassen, es ist eine Wasserschlange gesichtet worden, er ruft es den Badenden zu und schaut lächelnd zu mir herüber. Das Schwimmbecken ist schlagartig leer. Ich muss schallend lachen und vergrabe meinen Kopf in das überdimensionierte Kopfkissen. Es hat wieder einmal geklappt. Es tut doch gut so kurz vor einer großen Entscheidung noch einmal alles zu prüfen.

## Amor mundi

Mein Blatt Papier ist fast leer, nur einige Worte sind kreuz und quer darauf zu lesen, Schweinestaat, Dualismus – von Gut und Böse, aufrecht zu erhaltender Streitschlichtungsmechanismus, UN-Polizei - und dann geht es ganz schnell, der Stift flitzt nur so über das Papier. Es wird ein Versuch werden, ein Versuch, die politischen Moralisten durch moralische Menschen in der UNO auszutauschen und diese vor allen Dingen zu einem schnellen Handeln zu bewegen. Wenn ich die in der UNO sitzenden Verantwortlichen auf das Gesamtwohl aller Menschen sensibilisieren will, muss ich ein Wollen im Kopf der Anwesenden einpflanzen und sie so beeinflussen, dass sie beraten, abstimmen und den Beschluss schnellstens zum Handeln vorbereiten. Handeln heißt, das Beschlossene wird sofort in die Tat umgesetzt, die Legislative gibt ihre Beschlüsse unmittelbar an die Exekutive weiter. Hierfür muss es eine UN-Polizeitruppe geben, die so gewaltig ist, nicht nur durch ihre Mannschaftsstärke, sondern auch durch ihre hervorragende Technik, dass sie jeden Beschluss der Legislative ausführen kann und auch soll. Sie greift da ein, wo sich Kriege anbahnen, wo Menschen Unrecht geschieht. Was Unrecht ist, hier stockte ich, Platon sagt, in diesem Zusammenhang, in seinem Politikós, in dem das Wesen der Politik mit der Metapher der freiwilligen Aufsicht über freiwillige, vernunftfähige Herden umschrieben wird. In Platons Vorstellungen sollen bekanntlich die tapfere und die besonnene

Gemütsart miteinander kombiniert werden, also Menschen, die nicht vom ihrem Staat beeinflusst oder gekauft sind, die völlig frei nach ihrem Gewissen entscheiden. Ehrenwerte Menschen, die dann hier im Sicherheitsrat sitzen, werden es definieren, jeweils aus allen Staaten dieser Erde, vom Volk gewählte, edle, aufrichtig, redlich denkende Menschen, Menschenrechtler, Friedenspreisträger, Philosophen, denn die Philosophie regiert die Vorstellungen, und diese regieren die Welt, durch das Bewusstsein greift der Geist in die Herrschaft ein, nicht Bajonette, nicht Geld, nicht einzelne Kniffe und Pfiffe sind das Herrschende, sondern der Compositeur ist der Geist. Zwei besonnene Intellektuelle aus jedem Staat werden einem Berufspolitiker zur Seite gestellt und alle drei stimmen gleichberechtigt mit einer einfachen Mehrheit ab und die Blauhelme sind mit diesem Mandat zum sofortigen Handeln befähigt.

Diese UN-Polizei beginnt nun mit ihrer Arbeit, die Chefs der streitenden Völker an den UN-Verhandlungstisch zu begleiten, gleichzeitig in diesen Ländern für Ruhe und Ordnung zu sorgen, die Einhaltung der Menschenrechte zu garantieren, die Minderheiten zu schützen und den Gläubigen erlauben, ihre Religion zu leben, der Opposition in diesen Staaten Meinungsfreiheit zu gewähren und um gleichberechtigt in den Verhandlungen vor der UN aufzutreten. Nun sind es ja immer Staaten, die Krieg wollen, mit einer nicht ganz republikanischen Verfassung. In diesem Fall wird die UN-Polizeischutztruppe in dem Land eingesetzt, das vom Krieg bedroht wird. Alle strategisch wichtigen Punkte werden von der Welt-Polizei besetzt und lösen das dortige Militär praktisch ab. Sollte nun doch der Nachbarstaat mit einem Krieg beginnen, würde er gegen Menschen aus aller Welt kämpfen, und die ganze Welt würde dieser Invasion entgegentreten, aber nicht mit dem gerechten Krieg bellum iustum, wie Cicero es einmal vorschlug, nein, nun diese Situation hatten wir ja schon, es wäre der Anfang eines neuen Weltkrieges, nur diesmal ist es anders, der UN-Sicherheitsrat beschließt, nicht zurückzuschießen. Es genügt nicht, den Krieg zu humanisieren, wir müssen die Institution des Krieges überwinden. Die Blauhelme haben zwar die personelle Übermacht und eine gewaltige Logistik, nur keine geeigneten Waffen, sie tragen nur Pistolen. Wer wagt da auf diese Wehrlosen mit Panzern loszuschlagen. Jeder Krieg wird schließlich von einer autorisierten Obrigkeit legitima potestas geführt und genau hier kommt meine neue Friedenspolitik ins Spiel.

Die Menschen, das ganze Volk dieser kriegsbesessenen Obrigkeit, wird durch eine gewaltige Aufklärungskampagne von dem bevorstehenden Krieg unterrichtet, gleichzeitig sensibilisiert für Verhandlungen und Kompromisse, um dann im Inneren ihres Herzens den Krieg, den sie größtenteils ja gar nicht wollen, aus ihren eigenen Reihen heraus zu verhindern. Ich weiß, das sind leere Worte, zu naiv gedacht und bestimmt schon einmal ausprobiert. Was mich aber so sicher macht ist folgendes, es muss eine von der UN vorweg herausgegebene Aufklärung an alle Menschen dieser Erde geben, die sagt, wir Menschen wollen keinen Krieg mehr, nur Verhandlungen, aufgebaut auf gegenseitigem Verständnis und Kompromissen. Wer dennoch einen Krieg beginnt, setzt sich folgender Bestrafung aus: Der Premier, der Verteidigungsminister, dann sein Generalstab sind als erste verantwortlich, die Bestrafung zeige ich gleich auf, dann kommen die in der Rangordnung weiter unten rangierenden Offiziere, Mannschaftsführer und so weiter. Die Immunität, das Vorzugsrecht, der politische Schutz wird aufgehoben, die Kriegsmacher unterliegen den allgemeinen Gesetzen des jeweiligen Landes, wo auf bestelltem Mord eine Strafe folgt, und in dieser Reihenfolge wird bestraft. Nehmen wir an, der Staatschef gib den Befehl heraus, Panzer über die Staatsgrenze zu schicken, um das Nachbarland zu erobern und es wird geschossen und getötet, wird nicht der befehlsgehorsame, schießende Soldat zuerst zur Rechenschaft gezogen, sondern eben sein ranghöchster Vorgesetzter. In den meisten Fällen der Premier eines Volkes, der den Befehl an seine untergebenen Militärs gegeben hat. Der internationale Gerichtshof arbitruium rerum gibt dann eine Fahndung nach dem Anstifter zum Mord heraus und setzt gleichzeitig eine gigantische Summe als Belohnung für die Ergreifung dieser Person heraus. Die Belohnung wird 10 % der erwartenden Kriegssumme betragen und den Ausliefernden Asyl in einem Land ihrer Wahl angeboten. Ich bin mir sicher, dass sich selbst die Generäle diese Millionen verdienen. Die Einwände zu der eben vorgeschlagenen Bestrafungsmethode ist wohl diese, Generäle, Offiziere und Soldaten sind vereidigt und zum Töten autorisiert, sie müssen den Befehlen ihrer Vorgesetzten Folge leisten, ja, und genau das hebt die nächste UN-Vollversammlung, der ich beiwohne, durch meine Gehirnmanipulation auf. Einstimmig. Das ist mein erster Schritt, die Verantwortung für einen Krieg auf einen, beziehungsweise auf wenige Menschen, besser gesagt, auf den wirklich Verantwortlichen apriorisch festzulegen. Es wird keinen normalen Staatsmann mehr geben, der Panzer auf Polizisten, auf wehrlose Bürger eines anderen Landes in Bewegung setzt.

Wenn nun doch ein Machtbesessener Diktator eines Staates auf Expansion setzt und die UN Charta missachtet und einen Krieg beginnen will, gibt es meiner Meinung nach nur noch den Tyrannenmord, der aber nicht mit dem Tod, wie bei Cäsar, enden darf, sondern diesen Kriegstreiber von der eigenen Polizei unter Gerichtsbeschluss an Den Haag auszuliefern.

Ist der Krieg erst einmal so weit im Griff, wird es einen Frieden geben, der länger anhält und nicht mehr nur Waffenstillstand genannt werden wird, weil sich die Waffen in den Ländern reduzieren werden, denn sie lohnen sich nicht mehr. Ein jedes Volk, was von der UN beschützt wird, wird seine Streitmacht abbauen und das frei werdende Geld in die Probleme stecken, die Kriege mit verursacht haben. Alle

Konflikte auf dieser Welt müssen vor den UN-Rat, jeder einzelne Fall muss soweit aus der Welt geschafft sein, dass keine ernsteren Aggressionen entstehen.

Ordnung durch Diktat, schon im Ausgang der römischen Republik hatte sich die Hoffnung angebahnt, dass die militärisch herbeigeführte und rechtlich geordnete pax Romana zu einem dauernden, die ganze zivilisierte Welt umfassenden Zustand werden könnte. In den Jahren 40 v. Chr. und 143 n. Chr. ist der Zeitraum markiert, der als der Weltfrieden des Goldenen Zeitalters verherrlicht und beschworen wurde. So kann man es, in unsere Zeit versetzt, sagen, vor den friedensideologischen Bekundungen guter Menschen in der UN vor meinem Einschreiten war das Unterste zu Oberst gekehrt und alles bewegte sich in blindem Zufall, seit der Neubesetzung in der UN, vom Politiker zum Pazifisten, sind Kriege keine Lösung. Überall kehrt Ordnung ein und helles Licht ins Leben und in die Welt, Gesetze werden eingehalten und man kann sich nun den großen Aufgaben der Menschheit zuwenden. Einen Fehler hat das eben Gesagte, damals war die Welt das Imperium Romanum, und wo dieses endete, da begann dieser Friedens-Ideologie zufolge die Barbarei, die terra pace inops, das Land, das des Friedens erst bedürftig war. Mit den Schrecken des Krieges bezahlte die Peripherie für die pax des Zentrums. Charles Darwin hat die wichtigste Rolle, die Kämpfe bei der Entwicklung von Altruismus spielen, vorhergesehen: Er meinte, dass ein Volk eher siegen und sich umso besser ausbreiten würde, je mehr seine Mitglieder sich gegenseitig warnen, helfen und verteidigen würden. Entsprechend glaubte er, die sozialen und moralischen Fähigkeiten würden sich nach und nach über die Welt verbreiten.

Darwin erwähnte nicht, dass zu diesen moralischen Fähigkeiten auch Feindseligkeit gegenüber Außenseitern gehört. So ist eine der größten Aufgaben der UN, den Völkern der Erde eine republikanische Verfassung einzurichten. Nun ist die republikanische Verfassung die einzige, welche dem

Recht der Menschen vollkommen angemessen, aber auch die schwerste zu stiftende, vielmehr noch zu erhaltende ist. Das Problem der Staatseinrichtung ist, so hart es auch klingt, selbst für ein Volk von Teufeln lösbar und lautet so: Eine Menge von vernünftigen Wesen, die insgesamt allgemeine Gesetze für ihre Erhaltung verlangen, deren jedes aber insgeheim sich davon auszunehmen geneigt ist, so zu ordnen und ihre Verfassung einzurichten, dass, obgleich sie in ihren Privatgesinnungen einander entgegenstreben, diese einander doch so aufhalten, dass in ihrem öffentlichen Verhalten der Erfolg eben derselbe ist, als ob sie keine solche böse Gesinnung hätten, denn es ist nicht die moralische Besserung der Menschen, sondern nur der Mechanismus der Natur, von dem die Aufgabe zu wissen verlangt, wie man den Widerstreit ihrer unfriedlichen Gesinnung in einem Volk so zu richten, dass sie sich unter Zwangsgesetze zu begeben einander selbst nötigen und so den Friedenszustand, in welchem Gesetze Kraft haben, herbeiführen müssen, das heißt also, die Natur will unwiderstehlich, dass das Recht zuletzt die Obergewalt erhält.

Und so taste ich mich gedanklich immer weiter. Es wäre ja auch zu schön gewesen, ich hätte in der Historie die Friedensantwort gefunden, aber das, eben im Bett eines NY Hotels Geschriebene ist ja nur ein Versuch, morgen in der UN ein Konzept zu haben, um meinen Versuch zu starten, aus dieser Stadt, aus dem Hause der Vereinten Nationen, ein Signal an die Welt zu senden, pax et Concordia, Frieden und Eintracht gehören zusammen, und dieses Haus bietet Rechtssicherheit für alle Menschen auf dieser Welt. Es wird immer mehr auf die Erzeugung einer Resonanz im Zusammenleben der Menschen Wert gelegt werden, denn es ist eine Überlebensfrage der Völker geworden, wie sie sich als atmosphärische Gemeinschaft reproduzieren.

Die Zukunft wird ein technisches Zeitalter sein. Man wird zunehmend verstehen, dass Gesellschaften von Grund auf künstlich sind und die Luft, die sie atmen, technisch produziert werden muss, sowohl die metaphorische als auch die physikalische Atmosphäre.

## Seneca

Da fällt mir Seneca ein: Der Wissende kann nichts verlieren: alles hat er in sich geborgen, nichts dem Schicksal anvertraut, seine Güter hat er in Sicherheit, zufrieden mit seiner sittlichen Vollkommenheit, die auf Zufälliges nicht angewiesen ist und deswegen weder vergrößert noch gemindert werden kann.... Eng mit diesen Gedanken verbunden ist der Aspekt der Unverletzlichkeit des Wissenden, denn die Möglichkeit, verletzt zu werden, bestehe nur dann, wenn das, was verletzt, stärker sei als das zu Verletzende; die sittliche Verkommenheit sei jedoch nicht stärker als die sittliche Vollkommenheit, weshalb Verletzungen ausgeschlossen sind. Die eben erwähnte sittliche Vollkommenheit, dass der Wissende, Sittliche niemals gebeugt werde, sondern vielmehr dass sein Charakter unversehrt bleibt.
Das Problem der Willensfreiheit halte ich übrigens für ein Scheinproblem. Das Einzige, was wir für die Ethik brauchen, um das freundliche Umgehen der Menschen miteinander zu regeln, ist ein Reglement der Handlungsfreiheit. Hingegen ist Handlungsfreiheit der zentrale Begriff für die politische, soziale, ökonomische, kriminologische Diskussion.
Wenn wir von Unfreiheit in totalitären Staaten sprechen, dann ist es die Einschränkung der Handlungsfreiheit, unter der die Menschen leiden. Die Willensfreiheit wird für keine soziale Frage gebraucht Wie die Evolutionsgeschichte uns lehrt, ist ein Regelsystem für ein Zusammenleben in jedem Fall notwendig. Diese Regelsysteme können aber unter Menschen, anders als im Tierreich, der bewussten Reflexion ausgesetzt werden. Anders als etwa bei Termiten können Menschen die

Vor- und Nachteile unterschiedlicher Regeln rational verhandeln. Sie können die Axiome ethischen Handelns einer kritischen Diskussion aussetzten und überlegen, sollen wir die eine Maxime durch eine andere ersetzen. Sie können überzogene Forderungen der Normsysteme zurückweisen. Schon im römischen Recht galt der Grundsatz, Ultra posse nemo obligatur. Das heißt, eine normative Forderung an einen Menschen setzt sein Können voraus. Es ist nicht sinnvoll, einem Menschen seinen Forderungskatalog vorzulegen, der so rigide ist, dass er ihn auf Grund seiner evolutionären Ausstattung nicht erfüllen kann.

Welche Ethik liegt dem Naturalismus am nächsten, Epikur sagt, wir streben von Natur aus nach Lust und sind bestrebt, unser Glück, Wohlbefinden und unsere inneren Zustände zu optimieren. Die Frage ist, kann man dieses Glücksaxiom als Basis einer Ethik auffassen, Epikur und auch Lukrez meinen, das geht ohne weiteres. Der Utilitarist Jeremy Bentham hat dann weiter gedacht und ebenfalls gefunden, dass wir Glücksoptimierer sind. Können wir aus dieser Tatsache einen Begriff des gelungenen Lebens entwickeln, ja, das Prinzip einer hedonistischen Ethik. Das gelungene, vollendete, erfüllte Leben, in dem wir in Einklang mit unserer Natur das Beste aus unseren Möglichkeiten gemacht haben – selbstverständlich ohne den Mitmenschen zu schaden, ohne andere unglücklich zu machen. An den richtigen Platz verschieben.

Ein kluger Mann hat einmal gesagt, freiwilliger Nachwuchs für den Krieg kommt aus den Familien mit mehren Söhnen, denn der erste übernimmt die Arbeit des Vaters, der zweite studiert und der dritte und die weiteren Söhne melden sich zu den Waffen. Eine dem entgegenwirkende Weltpolitik würde schon dazu beitragen, die ohne Zukunft, in die Welt geborenen als Kanonenfutter zu verheizen. Diesen Söhnen muss von den Staaten ohne ausreichenden männlichen Nachwuchs eine Möglichkeit gegeben werden, sich über Ausbildung in die Arbeitswelt zu integrieren, mit der Möglichkeit, nach einer Ausbildung in die Heimat zurück zu kehren.

## Jawohl Papa

Am nächsten Morgen, noch bevor ich meine Kaffeeklappe aufsuchte, ging ich in das unten im Hotel in einem kleinen Raum neben der Rezeption rund um die Uhr geöffnete Internet-Kaffee. Ein Platz, der es erlaubte durch das Fenster auf die Straße zu schauen, war noch frei, tippte meine mir mitgegebene Nummer ein und war mit der Welt verbunden. Die erste Mail ging nach Hamburg und ich erklärte meiner Familie meinen planlosen, unvorbereiteten Aufenthalt in NY, ich schrieb nur das Essentielle, das Glaubhafte. Meine Fähigkeit, Gedanken zu bündeln und andere zu manipulieren, erwähnte ich nicht. Mein Schreiben endete mit folgenden Worten: „werde heute in die uno gehen und einen in barcelona erdachten weltverbesserungsvorschlag in der heute stattfindenden vollversammlung vortragen, habe gestern eine möglichkeit beim inspizieren der räume erkannt, einen platz in diesem gremium einzunehmen. melde mich, sobald ich wieder die möglichkeit habe, online zu gehen.“
Seit Jahren habe ich meine Mails immer in Kleinbuchstaben abgefasst und so auch jetzt. Dann folgten Grüße und sie sollen sich keine Sorgen machen, es ist hier in NY alles möglich und ich will es einmal versuchen. Dann öffnete ich meine Mails und wie immer waren die meisten versteckte Werbung, Reiseangebote, getarnt als Gewinne, der eigene Provider warb für ein neues Produkt und ein Gewinnspiel.
Dann sah ich ihre Adresse und der Rechner brauchte mehre Sekunden, um diese Mail zu öffnen. Das erste war ein Bild von einer Julie vor ihrer Krankheit, langes schwarzes Haar, ihre schräg stehenden Augen durch ein wenig Make up noch

geheimnisvoller, ihre Haut gebräunt, ihr Dekolleté gewagt, eine attraktive, faszinierende, eine bildschöne Frau.

Darunter die Worte, halt, halt, halt, ich komme, unternehme nichts, denke an meine Worte unter dem kleinen Sonnenschirm am Ozean. Wir werden die Welt verändern. Glaube mir, deine Fähigkeiten, meine Ideen, wir zusammen sind eine geballte Kraft und dann kommen mein Aussehen und mein Charme hinzu, ich will hier nicht übertreiben, aber damit habe ich immer Erfolg gehabt, so manchen Mitbewerber ausgestochen. Ich habe eine Gabe, durch exzellentes Auftreten mein Können an den Mann zu bringen.

Nur der Krebs hat mich überlistet, aber noch, noch nicht besiegt. Beängstigend sind die neu entdeckten Metastasen, aber auch die wollen die Ärzte in den Griff bekommen. Die Bestrahlung ist schlimm, ich werde und will es durchstehen, auch deinetwegen.

Zu dir kommt die beste Julie, die es je gab. Verzeih mir das so dahingeredete „Jawohl Papa", damals an einem kleinen See in Belgien. Aber wenn du es willst, ist es mir auch recht, mir ist alles recht, aber warte bis ich komme, ich habe dich so lieb.

Schon wenige Tage später bekam ich die Nachricht von ihrem Tod.



Wir hatten einen Traum
von einer friedlichen Welt.
wir hatten den Traum zu erleben,
wie dieser Frieden wachsen würde
und wir eine Welt ohne Kriege erleben.
Doch was wussten wir schon davon.

Viele erwähnte Personen und Orte sind rein fiktiv
und jegliche Ähnlichkeit mit ihnen ist rein zufällig.